I-JUCA-PIRAMA

seguido de

OS TIMBIRAS

Gonçalves Dias

I-JUCA-PIRAMA

seguido de

OS TIMBIRAS

EDIÇÃO E NOTAS
DE
SERGIO FARACO

www.lpm.com.br

L&PM POCKET

Coleção **L&PM** POCKET, vol. 67

Texto de acordo com a nova ortografia.

Primeira edição na Coleção **L&PM** POCKET: agosto de 1997
Esta reedição: fevereiro de 2024

Capa: Ivan G. Pinheiro Machado sobre obra de Albert Eckhout, *Dança Tapuia*. (Museu Nacional da Dinamarca, Copenhague.)
Revisão: Sergio Faraco e Patrícia Yurgel

ISBN 978-85-254-0686-6

D541i Dias, Antonio Gonçalves, 1823-1864.
I-Juca-Pirama e Os Timbiras / Antonio Gonçalves Dias. – Porto Alegre: L&PM, 2024.
112 p. ; 18 cm. – (Coleção L&PM POCKET; v. 67)

1.Ficção brasileira-Poesias. I.Título. II.T.I-Juca-Pirama. III.Série.

CDD 869.91
CDU 869.0(81)-1

Catalogação elaborada por Izabel A. Merlo, CRV 10/329

Rua Comendador Coruja 314, loja 9 – Floresta – 90220-180
Porto Alegre – RS – Brasil / Fone: 51.3225.5777

PEDIDOS & DEPTO. COMERCIAL: vendas@lpm.com.br
FALE CONOSCO: info@lpm.com.br
www.lpm.com.br

Impresso no Brasil
Verão de 2024

SUMÁRIO

NOTA DO EDITOR

Sergio Faraco

Gonçalves Dias retratou em sua obra as três raças formadoras do povo do Brasil: o índio, o português e o negro, e assim se diz, como Otto Maria Carpeaux, que é o nosso "primeiro poeta verdadeiramente nacional". Sua poesia também se destaca pelo apuro estilístico e pelos recursos técnicos que empregou com sobriedade e saber. Essa gama incomum de atributos levou José Veríssimo a considerá-lo "o maior e mais completo poeta do Brasil", juízo de que não dissente Carpeaux, por declarar que Gonçalves Dias é "superior aos outros românticos" e aceitar que muitos estudiosos o reputem não apenas a culminância do romantismo brasileiro, mas "o maior poeta do Brasil".

Cotejos à parte, é de voz absoluta que nenhum outro incorporou em tal grau o sentimento do índio brasileiro e buscou, através da poesia, sua real feição – uma vocação que se consagra em *I-Juca-Pirama* e *Os Timbiras*, estupendos e famosos cantos à dignidade e ao destemor de nossos ancestrais.

As transcrições respeitam o texto presente na coletânea *Grandes poetas românticos do Brasil*, de Antônio Soares Amora *et alii* (São Paulo: LEP, 1959. v.1), que por sua vez conformou-se às edições alemãs de F. A. Brockhaus (Leipzig) de 1857, 1865 e 1877. Fez-se a conferência, passo a passo, com a versão constante de *Poesias completas de Gonçalves Dias* (Rio de Janeiro: Zélio Valverde, 1944. v.1, edição supervisionada por Josué Montello).

Julho de 1997

I-Juca-Pirama

O título desta poesia, traduzido literalmente da língua tupi, vale tanto como se em português dissséssemos "o que há de ser morto, o que é digno de ser morto".

Gonçalves Dias

I

No meio das tabas de amenos verdores,
Cercados de troncos – cobertos de flores,
Alteiam-se os tetos d'altiva nação;
São muitos seus filhos, nos ânimos fortes,
Temíveis na guerra, que em densas coortes
Assombram das matas a imensa extensão.

São rudos, severos, sedentos de glória,
Já prélios incitam, já cantam vitória,
Já meigos atendem à voz do cantor:
São todos Timbiras, guerreiros valentes!
Seu nome lá voa na boca das gentes,
Condão de prodígios, de glória e terror!

As tribos vizinhas, sem forças, sem brio,
As armas quebrando, lançando-as ao rio[1],
O incenso aspiraram dos seus maracás[2]:
Medrosos das guerras que os fortes acendem,
Custosos tributos ignavos lá rendem,
Aos duros guerreiros sujeitos na paz.

No centro da taba se estende um terreiro,
Onde ora se aduna o concílio guerreiro
Da tribo senhora, das tribos servis:
Os velhos sentados praticam d'outrora,
E os moços inquietos, que a festa enamora,

---

1. Tal gesto firmava as pazes.

2. Chocalho usado pelos indígenas em solenidades religiosas e guerreiras.

Derramam-se em torno dum índio infeliz.
Quem é? – ninguém sabe: seu nome é ignoto,
Sua tribo não diz: – de um povo remoto
Descende por certo – dum povo gentil;
Assim lá na Grécia ao escravo insulano
Tornavam distinto do vil muçulmano
As linhas corretas do nobre perfil.

Por casos de guerra caiu prisioneiro
Nas mãos dos Timbiras: – no extenso terreiro
Assola-se o teto, que o teve em prisão;
Convidam-se as tribos dos seus arredores,
Cuidosos se incumbem do vaso das cores,
Dos vários aprestos da honrosa função.

Acerva-se a lenha da vasta fogueira,
Entesa-se a corda da embira[3] ligeira,
Adorna-se a maça[4] com penas gentis:
A custo, entre as vagas do povo da aldeia
Caminha o Timbira, que a turba rodeia,
Garboso nas plumas de vário matiz.

Entanto as mulheres com leda trigança,
Afeitas ao rito da bárbara usança,
O índio já querem cativo acabar:
A coma lhe cortam, os membros lhe tingem,
Brilhante enduape[5] ao corpo lhe cingem,
Sombreia-lhe a fronte gentil canitar.[6]

---

3. Cipó usado para amarração.

4. O bordão com que se sacrificava o prisioneiro.

5. Saiote de penas preso à cintura.

6. Cocar.

II

Em fundos vasos d'alvacenta argila
Ferve o cauim[7];
Enchem-se as copas, o prazer começa,
Reina o festim.

O prisioneiro, cuja morte anseiam,
Sentado está,
O prisioneiro, que outro sol no ocaso
Jamais verá!

A dura corda, que lhe enlaça o colo,
Mostra-lhe o fim
Da vida escura, que será mais breve
Do que o festim!

Contudo os olhos d'ignóbil pranto
Secos estão;
Mudos os lábios não descerram queixas
Do coração.

Mas um martírio, que encobrir não pode,
Em rugas faz
A mentirosa placidez do rosto
Na fronte audaz!

Que tens, guerreiro? Que temor te assalta
No passo horrendo?
Honra das tabas que nascer te viram,
Folga morrendo.

---

7. Bebida feita de mandioca cozida e fermentada.

Folga morrendo; porque além dos Andes
Revive o forte,
Que soube ufano contrastar os medos
Da fria morte.

Rasteira grama, exposta ao sol, à chuva,
Lá murcha e pende:
Somente ao tronco, que devassa os ares,
O raio ofende!

Que foi? Tupã[8] mandou que ele caísse,
Como viveu;
E o caçador que o avistou prostrado
Esmoreceu!

Que temes, ó guerreiro? Além dos Andes
Revive o forte,
Que soube ufano contrastar os medos
Da fria morte.

III

Em larga roda de novéis guerreiros
Ledo caminha o festival Timbira,
A quem do sacrifício cabe as honras.
Na fronte o canitar sacode em ondas,
O enduape na cinta se embalança,
Na destra mão sopesa a ivirapeme[9],

8. Para os tupis, nome do trovão, que os missionários jesuítas associaram a Deus.

9. Bordão, tacape.

Orgulhoso e pujante. – Ao menor passo
Colar d'alvo marfim, insígnia d'honra,
Que lhe orna o colo e o peito, ruge e freme,
Como que por feitiço não sabido
Encantadas ali as almas grandes
Dos vencidos Tapuias, inda chorem
Serem glória e brasão d'imigos feros.

"Eis-me aqui", diz ao índio prisioneiro;
"Pois que fraco, e sem tribo, e sem família,
As nossas matas devassaste ousado,
Morrerás morte vil da mão de um forte".
Vem a terreiro o mísero contrário;
Do colo à cinta a muçurana[10] desce:
"Diz-nos quem és, teus feitos canta,
Ou se mais te apraz, defende-te". Começa
O índio, que ao redor derrama os olhos,
Com triste voz que os ânimos comove.

IV

Meu canto de morte,
Guerreiros, ouvi:
Sou filho das selvas,
Nas selvas cresci;
Guerreiros, descendo
Da tribo tupi.

Da tribo pujante,
Que agora anda errante

10. A corda de embira com que era amarrado o prisioneiro.

Por fado inconstante,
Guerreiros, nasci:
Sou bravo, sou forte,
Sou filho do Norte;
Meu canto de morte,
Guerreiros, ouvi.

Já vi cruas brigas,
De tribos imigas,
E as duras fadigas
Da guerra provei;
Nas ondas mendaces
Senti pelas faces
Os silvos fugaces
Dos ventos que amei.

Andei longes terras,
Lidei cruas guerras,
Vaguei pelas serras
Dos vis Aimorés;
Vi lutas de bravos,
Vi fortes – escravos!
De estranhos ignavos
Calcados aos pés.

E os campos talados,
E os arcos quebrados,
E os piagas[11] coitados
Já sem maracás;
E os meigos cantores,
Servindo a senhores,

11. Pajés.

Que vinham traidores,
Com mostras de paz.

Aos golpes do imigo
Meu último amigo,
Sem lar, sem abrigo
Caiu junto a mi!
Com plácido rosto,
Sereno e composto,
O acerbo desgosto
Comigo sofri.

Meu pai a meu lado
Já cego e quebrado,
De penas ralado,
Firmava-se em mi:
Nós ambos, mesquinhos,
Por ínvios caminhos,
Cobertos d'espinhos
Chegamos aqui!

O velho no entanto
Sofrendo já tanto
De fome e quebranto,
Só qu'ria morrer!
Não mais me contenho,
Nas matas me embrenho,
Das frechas que tenho
Me quero valer.

Então, forasteiro,
Caí prisioneiro

De um troço guerreiro
Com que me encontrei:
O cru dessossego
Do pai fraco e cego,
Enquanto não chego,
Qual seja, – dizei!

Eu era o seu guia
Na noite sombria,
A só alegria
Que Deus lhe deixou:
Em mim se apoiava,
Em mim se firmava,
Em mim descansava,
Que filho lhe sou.

Ao velho coitado
De penas ralado,
Já cego e quebrado,
Que resta? – Morrer.
Enquanto descreve
O giro tão breve
Da vida que teve,
Deixai-me viver!

Não vil, não ignavo,
Mas forte, mas bravo,
Serei vosso escravo:
Aqui virei ter.
Guerreiros, não coro
Do pranto que choro;
Se a vida deploro,
Também sei morrer.

V

Soltai-o! – diz o chefe. Pasma a turba;
Os guerreiros murmuram: mal ouviram,
Nem pôde nunca um chefe dar tal ordem!
Brada segunda vez com voz mais alta,
Afrouxam-se as prisões, a embira cede,
A custo, sim; mas cede: o estranho é salvo.
– Timbira, diz o índio enternecido,
Solto apenas dos nós que o seguravam:
És um guerreiro ilustre, um grande chefe,
Tu que assim do meu mal te comoveste,
Nem sofres que, transposta a natureza,
Com olhos onde a luz já não cintila,
Chore a morte do filho o pai cansado,
Que somente por seu na voz conhece.
– És livre; parte.
                    – E voltarei.
                                        – Debalde.
– Sim, voltarei, morto meu pai.
                                        – Não voltes!
É bem feliz, se existe, em que não veja
Que filho tem, qual chora: és livre; parte!
– Acaso tu supões que me acovardo,
Que receio morrer!
                    – És livre; parte!
– Ora não partirei; quero provar-te
Que um filho dos Tupis vive com honra,
E com honra maior, se acaso o vencem,
Da morte o passo glorioso afronta.
– Mentiste, que um Tupi não chora nunca,

E tu choraste!... parte, não queremos
Com carne vil enfraquecer os fortes.

Sobresteve o Tupi: – arfando em ondas
O rebater do coração se ouvia
Precípite. – Do rosto afogueado
Gélidas bagas de suor corriam:
Talvez que o assaltava um pensamento...
Já não... que na enlutada fantasia,
Um pesar, um martírio ao mesmo tempo,
Do velho pai a moribunda imagem
Quase bradar-lhe ouvia: – Ingrato! Ingrato!
Curvado o colo, taciturno e frio,
Espectro d'homem, penetrou no bosque!

VI

– Filho meu, onde estás?
                                        – Ao vosso lado;
Aqui vos trago provisões: tomai-as,
As vossas forças restaurai perdidas,
E a caminho, e já!
                                        – Tardaste muito!
Não era nado o sol, quando partiste!
E frouxo o seu calor já sinto agora!
– Sim, demorei-me a divagar sem rumo,
Perdi-me nestas matas intrincadas,
Reaviei-me e tornei; mas urge o tempo;
Convém partir, e já!
                                        – Que novos males

Nos resta de sofrer? – Que novas dores,
Que outro fado pior Tupã nos guarda?
– As setas da aflição já se esgotaram,
Nem para novo golpe espaço intacto
Em nossos corpos resta.
– Mas tu tremes!
– Talvez do afã da caça...
– Oh filho caro!
Um quê misterioso aqui me fala,
Aqui no coração; piedosa fraude
Será por certo, que não mentes nunca!
Não conheces temor, e agora temes?
Vejo e sei: é Tupã que nos aflige,
E contra o seu querer não valem brios.
Partamos!... –
E com a mão trêmula, incerta,
Procura o filho, tateando as trevas
Da sua noite lúgubre e medonha.
Sentindo o acre odor das frestas tintas,
Uma ideia fatal correu-lhe a mente...
Do filho os membros gélidos apalpa,
E a dolorosa maciez das plumas
Conhece estremecendo: – foge, volta,
Encontra sob as mãos o duro crânio,
Despido então do natural ornato!...
Recua aflito e pávido, cobrindo
Às mãos ambas os olhos fulminados,
Como que teme ainda o triste velho
De ver, não mais cruel, porém mais clara,
Daquele exício grande a imagem viva
Ante os olhos do corpo afigurada.
Não era que a verdade conhecesse

Inteira e tão cruel qual tinha sido;
Mas que funesto azar correra o filho,
Ele o via; ele o tinha ali presente;
E era de repetir-se a cada instante.
A dor passada, a previsão futura
E o presente tão negro, ali os tinha;
Ali no coração se concentrava,
Era num ponto só, mas era a morte!
– Tu prisioneiro, tu?
– Vós o dissestes.
– Dos índios?
– Sim.
– De que nação?
– Timbiras.
– E a muçurana funeral rompeste,
Dos falsos manitôs[12] quebraste a maça...
– Nada fiz... aqui estou.
– Nada! –
Emudecem;
Curto instante depois prossegue o velho:
– Tu és valente, bem o sei; confessa,
Fizeste-o, certo, ou já não foras vivo!

– Nada fiz; mas souberam da existência
De um pobre velho, que em mim só vivia...
– E depois?...
– Eis-me aqui.
– Fica essa taba?
– Na direção do sol, quando transmonta.
– Longe?

12. Gênio tutelar.

– Não muito.

– Tens razão: partamos.

– E quereis ir?...

– Na direção do ocaso.

VII

"Por amor de um triste velho,
Que ao termo fatal já chega,
Vós, guerreiros, concedestes
A vida a um prisioneiro.
Ação tão nobre vos honra,
Nem tão alta cortesia
Vi eu jamais praticada
Entre os Tupis, – e mais foram
Senhores em gentileza.

"Eu porém nunca vencido,
Nem nos combates por armas,
Nem por nobreza nos atos;
Aqui venho, e o filho trago.
Vós o dizeis prisioneiro,
Seja assim como dizeis;
Mandai vir a lenha, o fogo,
A maça do sacrifício
E a muçurana ligeira:
Em tudo o rito se cumpra!
E quando eu for só na terra,
Certo acharei entre os vossos,
Que tão gentis se revelam,

Alguém que meus passos guie;
Alguém, que vendo o meu peito
Coberto de cicatrizes,
Tomando a vez de meu filho,
De haver-me por pai se ufane!"

Mas o chefe dos Timbiras,
Os sobrolhos encrespando,
Ao velho Tupi guerreiro
Responde com torvo acento:
– Nada farei do que dizes:
É teu filho imbele e fraco!
Aviltaria o triunfo
Da mais guerreira das tribos
Derramar seu ignóbil sangue:
Ele chorou de covarde;
Nós outros, fortes Timbiras,
Só de heróis fazemos pasto. –
Do velho Tupi guerreiro
A surda voz na garganta
Faz ouvir uns sons confusos,
Como os rugidos de um tigre,
Que pouco a pouco se assanha!

VIII

"Tu choraste em presença da morte?
Na presença de estranhos choraste?
Não descende o covarde do forte;
Pois choraste, meu filho não és!
Possas tu, descendente maldito

De uma tribo de nobres guerreiros,
Implorando cruéis forasteiros,
Seres presa de vis Aimorés.

"Possas tu, isolado na terra,
Sem arrimo e sem pátria vagando,
Rejeitado da morte na guerra,
Rejeitado dos homens na paz,
Ser das gentes o espectro execrado;
Não encontres amor nas mulheres,
Teus amigos, se amigos tiveres,
Tenham alma inconstante e falaz!

"Não encontres doçura no dia,
Nem as cores da aurora te ameiguem,
E entre as larvas da noite sombria
Nunca possas descanso gozar:
Não encontres um tronco, uma pedra,
Posta ao sol, posta às chuvas e aos ventos,
Padecendo os maiores tormentos,
Onde possas a fronte pousar.

"Que a teus passos a relva se torre;
Murchem prados, a flor desfaleça.
E o regato que límpido corre,
Mais te acenda o vesano furor;
Suas águas depressa se tornem,
Ao contato dos lábios sedentos,
Lago impuro de vermes nojentos,
Donde fujas com asco e terror!

"Sempre o céu, como um teto incendido,
Creste e punja teus membros malditos

E o oceano de pó denegrido
Seja a terra ao ignavo tupi!
Miserável, faminto, sedento,
Manitôs lhe não falem nos sonhos,
E do horror os espectros medonhos
Traga sempre o covarde após si.

"Um amigo não tenhas piedoso
Que o teu corpo na terra embalsame,
Pondo em vaso d'argila cuidoso
Arco e frecha e tacape a teus pés!
Sê maldito, e sozinho na terra;
Pois que a tanta vileza chegaste,
Que em presença da morte choraste,
Tu, covarde, meu filho não és".

IX

Isto dizendo, o miserando velho
A quem Tupã tamanha dor, tal fado
Já nos confins da vida reservara,
Vai com trêmulo pé, com as mãos já frias
Da sua noite escura as densas trevas
Palpando. – Alarma! Alarma! – O velho para!
O grito que escutou é voz do filho,
Voz da guerra que ouviu já tantas vezes
Noutra quadra melhor. – Alarma! Alarma!
– Esse momento só vale apagar-lhe
Os tão compridos transes, as angústias,
Que o frio coração lhe atormentaram
De guerreiro e de pai: – vale, e de sobra.

Ele que em tanta dor se contivera,
Tomado pelo súbito contraste,
Desfaz-se agora em pranto copioso,
Que o exaurido coração remoça.

A taba se alborota, os golpes descem,
Gritos, imprecações profundas soam,
Emaranhada a multidão braveja,
Revolve-se, enovela-se confusa,
E mais revolta em mor furor se acende.
E os sons dos golpes que incessantes fervem,
Vozes, gemidos, estertor de morte
Vão longe pelas ermas serranias
Da humana tempestade propagando
Quantas vagas de povo enfurecido
Contra um rochedo vivo se quebravam.

Era ele, o Tupi; nem fora justo
Que a fama dos Tupis – o nome, a glória,
Aturado labor de tantos anos,
Derradeiro brasão da raça extinta,
De um jato e por um só se aniquilasse.

– Basta! clama o chefe dos Timbiras,
– Basta, guerreiro ilustre! assaz lutaste,
E para o sacrifício é mister forças. —

O guerreiro parou, caiu nos braços
Do velho pai, que o cinge contra o peito,
Com lágrimas de júbilo bradando:
"Este, sim, que é meu filho muito amado!
E pois que o acho enfim, qual sempre o tive,
Corram livres as lágrimas que choro,
Estas lágrimas, sim, que não desonram".

X

Um velho Timbira, coberto de glória,
Guardou a memória
Do moço guerreiro, do velho Tupi!
E à noite, nas tabas, se alguém duvidava
Do que ele contava,
Dizia prudente: – "Meninos, eu vi!"

"Eu vi o brioso no largo terreiro
Cantar prisioneiro
Seu canto de morte, que nunca esqueci:
Valente, como era, chorou sem ter pejo;
Parece que o vejo,
Que o tenho nest'hora diante de mi.

"Eu disse comigo: que infâmia d'escravo!
Pois não, era um bravo;
Valente e brioso, como ele, não vi!
E à fé que vos digo: parece-me encanto
Que quem chorou tanto,
Tivesse a coragem que tinha o Tupi!"

Assim o Timbira, coberto de glória,
Guardava a memória
Do moço guerreiro, do velho Tupi!
E à noite nas tabas, se alguém duvidava
Do que ele contava,
Tornava prudente: "Meninos, eu vi!"

Os Timbiras

À majestade do muito alto e muito poderoso príncipe o Senhor D. Pedro II, Imperador Constitucional e Defensor Perpétuo do Brasil.

Gonçalves Dias

INTRODUÇÃO

Os ritos semibárbaros dos piagas,
Cultores de Tupã, e a terra virgem
Donde como dum tronco, enfim se abriram
Da cruz de Cristo os piedosos braços;
As festas, e batalhas mal sangradas
Do povo americano, agora extinto,
Hei de cantar na lira. – Evoco a sombra
Do selvagem guerreiro!... Torvo o aspecto,
Severo e quase mudo, a lentos passos,
Caminha incerto, – o bipartido arco
Nas mãos sustenta, e dos despidos ombros
Pende-lhe a rota aljava... as entornadas,
Agora inúteis setas, vão mostrando
A marcha triste e os passos mal seguros
De quem, na terra de seus pais, embalde
Procura asilo, e foge o humano trato.

Quem pudera, guerreiros, nos seus cantos
A voz dos piagas teus um só momento
Repetir; essa voz que nas montanhas
Valente retumbava, e dentro d'alma
Vos ia derramando arrojo e brios,
Melhor que taças de cauim fortíssimo?!
Outra vez a chapada e o bosque ouviram
Dos filhos de Tupã a voz e os feitos
E as pocemas da morte, levantadas
Dentro do circo, onde o fatal delito
Expia o malfadado prisioneiro,
Qu'enxerga a maçae sente a muçurana

Cingir-lhe os rins a enodoar-lhe o corpo:
E só de os escutar mais forte acento
Haveriam de achar nos seus refolhos
O monte e a selva e novamente os ecos.

Como os sons do boré[13], soa o meu canto
Sagrado ao rudo povo americano:
Quem quer que a natureza estima e preza
E gosta ouvir as empoladas vagas
Bater gemendo as cavas penedias,
E o negro bosque sussurrando ao longe –
Escute-me. – Cantor modesto e humilde,
A fronte não cingi de mirto e louro,
Antes de verde rama engrinaldei-a,
D'agrestes flores enfeitando a lira;
Não me assentei nos cimos do Parnaso[14],
Nem vi correr a linfa da Castália.[15]
Cantor das selvas, entre bravas matas
Áspero tronco da palmeira escolho.
Unido a ele soltarei meu canto,
Enquanto o vento nos palmares zune,
Rugindo os longos encontrados leques.

Nem só me escutareis fereza e mortes:
As lágrimas do orvalho porventura
Da minha lira distendendo as cordas,
Hão de em parte ameigar e embrandecê-las.
Talvez o lenhador quando acomete

---

13. Trombeta indígena.

14. Monte da Grécia (2.547 m), perto de Delfos, consagrado a Apolo e às Musas.

15. Fonte ao pé do Monte Parnaso.

O tronco d'alto cedro corpulento,
Vem-lhe tingido o fio da segure[16]
De puro mel, que abelhas fabricaram;
Talvez também nas folhas qu'engrinaldo
A acácia branca o seu candor derrame
E a flor do sassafrás[17] se estrele amiga.

CANTO PRIMEIRO

Sentado em sítio escuso descansava
Dos Timbiras o chefe em tronco anoso,
Itajuba, o valente, o destemido
Acossador das feras, o guerreiro
Fabricador das incansáveis lutas.
Seu pai, chefe também, também Timbira,
Chamava-se o Jaguar: dele era fama
Que os musculosos membros repeliam
A frecha sibilante, e que o seu crânio
Da maça aos tesos golpes não cedia.
Cria-se... e em que não crê o povo estulto?
Que um velho piaga na espelunca horrenda
Aquele encanto, inútil num cadáver,
Tirara ao pai defunto, e ao filho vivo
Inteiro o transmitira: é certo ao menos
Que durante uma noite juntos foram
O moço e o velho e o pálido cadáver.

16. Machado.

17. Árvore de grande porte, de flores amarelas, que fornece madeira de lei.

Mas acertando um dia estar oculto
Num denso tabocal[18], onde perdera
Traços de fera, que rever cuidava,
Seta ligeira atravessou-lhe um braço.
Mão d'imigo traidor a disparara,
Ou fora algum dos seus, que receoso
Do mal causado, emudeceu prudente.

Relata o caso, irrefletido, o chefe.
Mal crido foi! – por abonar seu dito,
Redobra d'imprudência, – mostra aos olhos
A traiçoeira frecha, o braço e o sangue.
A fama voa, as tribos inimigas
Adunam-se, amotinam-se os guerreiros
E as bocas dizem: o Timbira é morto!
Outras emendam: mal ferido sangra!
Do nome de Itajuba se despega
O medo, – um só desastre venha, e logo
Esse encanto vai prestes converter-se
Em riso e farsa das nações vizinhas!
Os manitôs, que moram pendurados
Nas tabas d'Itajuba, que as protejam:
O terror do seu nome já não vale,
Já defensão não é dos seus guerreiros!

Dos Gamelas um chefe destemido,
Cioso d'alcançar renome e glória,
Vencendo a fama, que os sertões enchia,
Saiu primeiro a campo, armado e forte,
Guedelha e ronco dos sertões imensos,
Guerreiros mil e mil vinham trás ele,

---

18. Bambuzal.

Cobrindo os montes e juncando as matas.
Com pejado carcás[19] de ervadas setas
Tingidas d'urucu[20], segundo a usança
Bárbara e fera, desgarrados gritos
Davam no meio das canções de guerra.

Chegou, e fez saber que era chegado
O rei das selvas a propor combate
Dos Timbiras ao chefe. – "A nós só caiba
(Disse ele) a honra e a glória; entre nós ambos
Decida-se a questão do esforço e brios.
Estes, que vês, impávidos guerreiros,
São meus, que me obedecem; se me vences,
São teus; se és o vencido, os teus me sigam:
Aceita ou foge, que a vitória é minha".

Não fugirei, responde-lhe Itajuba,
Que os homens, meus iguais, encaram fito
O sol brilhante, e os não deslumbra o raio.

"Serás, pois que me afrontas", torna o bárbaro,
"Do meu valor troféu, – e da vitória,
Qu'hei de certo alcançar, despojo opimo.
Nas tabas em que habito ora as mulheres
Tecem da sapucaia[21] as longas cordas,
Que os pulsos teus hão de arrochar-te em breve;
E tu vil, e tu preso, e tu coberto

19. Aljava.

20. Tinta extraída do urucuzeiro (açafrão).

21. Árvore da Mata Atlântica.

D'escárnio e d'irrisão! – Cheio de glória
Além dos Andes voará meu nome!"

O filho de Jaguar sorriu-se a furto:
Assim o pai sorri ao filho imberbe,
Que, desprezado o arco seu pequeno,
Talhado para aquelas mãos sem forças,
Tenta doutro maior curvar as pontas,
Que vezes três o mede em toda a altura!

Travaram luta fera os dois guerreiros.
Primeiro ambos de longe as setas vibram;
Amigos manitôs, que ambos protegem,
Nos ares as desgarram. Do Gamela
Entrou a frecha trêmula num tronco
E só parou no cerne; a do Timbira,
Ciciando veloz, fugiu mais longe,
Roçando apenas os frondosos cimos.
Encontram-se os tacapes, lá se partem;
Ambos o punho inútil rejeitando,
Estreitam-se valentes: braço a braço,
Alentando açodados, peito a peito,
Revolvem fundo a terra aos pés, e ao longe
Rouqueja o peito arfado um som confuso.

Cena vistosa! quadro aparatoso!
Guerreiros velhos, à vitória afeitos,
Tamanhos campeões vendo n'arena,
E a luta horrível de terror transidos,
Qual daqueles heróis há de primeiro
Sentir o egrégio esforço abandoná-lo?
Perguntam; mas não há quem lhes responda.

São ambos fortes: o Timbira ardido,
Esbelto como o tronco da palmeira,
Flexível como a frecha bem talhada.
Ostenta-se robusto o rei das selvas;
Seu corpo musculoso, imenso e forte
É como rocha enorme, que desaba
De serra altiva, e cai no vale inteira.
Não vale humana força desprendê-la
Dali, onde ela está: fugaz corisco,
Bate-lhe a calva fronte sem parti-la.

Separam-se os guerreiros um do outro,
Foi dum o pensamento, – a ação foi d'ambos.
Ambos arquejam; descoberto o peito
Arfa, estua, eleva-se, comprime-se,
E o ar em ondas sôfregos respiram.
Cada qual, mais pasmado que medroso,
Se estranha a força que no outro encontra,
A malcuidada resistência o irrita.
Itajuba! Itajuba! – os seus exclamam.
Guerreiro, tal como ele, se descora
Um só momento, é dar-se por vencido.
O filho de Jaguar voltou-se rápido.
Donde essa voz partiu? quem no aguilhoa?
Raiva de tigre anuviou-lhe o rosto
E os olhos cor de sangue irados pulam.

"A tua vida a minha glória insulta!"
Grita ao rival, "e já demais viveste".
Disse, e como o condor, descendo a prumo
Dos astros, sobre o lhama descuidoso,
Pávido o prende nas torcidas garras,

E sobe audaz onde não chega o raio...
Voa Itajuba sobre o rei das selvas,
Cinge-o nos braços, contra si o aperta
Com força incrível: o colosso verga,
Inclina-se, desaba, cai de chofre,
E o pó levanta e atroa forte os ecos.
Assim cai na floresta um tronco anoso,
E o som da queda se propaga ao longe!

O fero vencedor um pé alçando,
Morre! – lhe brada – e o nome teu contigo!
O pé desceu, batendo a arca do peito
Do exânime vencido: os olhos turvos,
Levou, a extrema vez, o desditoso
Àqueles céus d'azul, àquelas matas,
Doce coberta de verdura e flores!

Depois, erguendo o esquálido cadáver
Sobre a cabeça, horrivelmente belo,
Aos seus o mostra ensanguentado e torpe;
Então por vezes três o horrendo grito
Do triunfo soltou; e os seus três vezes
O mesmo grito em coro repetiram.
Aquela massa enfim voa nos ares;
Porém na destra do feliz guerreiro
Dividem-se entre os dedos as melenas,
De cujo crânio marejava o sangue!

Transbordando ufania do sucesso
Inda recente, recordava as frases
Orgulhoso o guerreiro! Ainda escuta
A dura voz, inda a figura avista

Desse, que ousou atravessar-lhe as sanhas:
Lembra-se! e da lembrança grato enlevo
Lhe coa n'alma em fogo: longos olhos,
Enquanto assim medita, vai levando
Por onde o céu e as selvas se confundem,
Por onde o rio em tortuosos giros,
Queixoso lambe as empedradas margens.
Assim o jugo seu não escorjassem
Tredos Gamelas co'a noturna fuga!
Pérfidos! o herói jurou vingar-se;
Tremei! qu'há de o valente debelar-vos!
E enquanto segue o céu, e o rio, e as selvas,
Crescem-lhe brios, força, – alteia o colo,
Fita orgulhoso a terra, onde não acha,
Nem crê achar quem lhe resista; eis nisto
Reconhece um dos seus, que pressuroso
Corre a encontrá-lo, – rápido caminha;
Porém d'instante a instante, d'enfiado
Volta o pávido rosto, onde se pinta
O susto vil, que denuncia o fraco.

"Ó filho de Jaguar" – de longe brada,
"Neste aperto nos vale, – ei-los se avançam
Pujantes contra nós, tão bastos, tantos,
Como enredados troncos na floresta".

Tu sempre tremes, Jurucei, tornou-lhe
Com voz tranquila e majestosa o chefe.
O mel, que em falas sem cessar destilas,
Tolhe-te o esforço e te enfraquece a vista:
Amigos são talvez, amigas tribos,
Algum chefe, que tem conosco as armas,

Em sinal d'aliança, espedaçado:
Vem talvez festejar o meu triunfo,
E os seus cantores celebrar meu nome.

"Não! não! ouvi o som triste e sonoso
Das igaras[22], rompendo a custo as águas,
Dos remos manejados a compasso,
E os sons guerreiros do boré, e os cantos
Do combate; parece, d'irritado,
Tão grande peso agora a flor lhe corta,
Que o rio vai sorver as altas margens".

E são Gamelas? – perguntou-lhe o chefe.
"Vi-os", tornou-lhe Jurucei, – "são eles!"
O chefe dos Timbiras dentro d'alma
Sentiu ódio e vingança remordê-lo.
Rugiu a tempestade, mas lá dentro;
Cá fora retumbou, mas quase extinta.
Começa então com voz cavada e surda:

Irás tu, Jurucei, por mim dizer-lhes:
Itajuba, o valente, o rei da guerra,
Fabricador das incansáveis lutas,
Enquanto a maça não sopesa, enquanto
Dormem-lhe as setas no carcaz imóveis,
Of'rece-vos liança e paz; – não ama,
Tigre repleto, espedaçar mais presas,
Nem quer dos vossos derramar mais sangue.
Três grandes tabas, onde heróis pululam,
Tantos e mais que vós, tanto e mais bravos,
Caídas a seus pés, a voz lhe escutam.

---

22. Canoa feita de casca de árvore.

Vós outros, atendei, – cortai nas matas
Troncos robustos e frondosas palmas,
E construí cabanas, – onde o corpo
Caiu do rei das selvas, – onde o sangue
Daquele herói, vossa perfídia atesta.
Aquela briga enfim de dois, tamanhos,
Sinalai; porque estranho caminheiro,
Amigas vendo e juntas nossas tabas,
E a fé, que usais guardar, sabendo, exclame:
"Vejo um povo de heróis e um grande chefe!"

Disse: e vingando o cimo d'alto monte,
Que em roda largo espaço dominava,
O atroador membi[23] soprou com força.
O tronco, o arbusto, a moita, a rocha, a pedra,
Convertem-se em guerreiros; – mais depressa,
Quando soa o clarim, núncio de guerra,
Não sopra, e escava a terra, e o ar divide
Co'as crinas flutuantes, o ginete,
Impávido, orgulhoso, em campo aberto.

Da montanha Itajuba os vê sorrindo,
Galgando vales, combros, serranias,
Coalhando o ar e o céu de feios gritos.
E folga, porque os vê correr tão prestes
Aos sons do cavo búzio conhecido,
Já tantas vezes repetidos antes
Por vales e por serras; já não pode
Numerá-los, de tantos que se apinham;
Mas, vendo-os, reconhece o vulto e as armas

23. Flauta indígena, feita da tíbia de animais (ou de inimigos).

Dos seus: “Tupã sorri-se lá dos astros”,
Diz o chefe entre si, – “lá, descuidosos
Das folganças de Ibaque, heróis timbiras
Contemplam-me, das nuvens debruçados:
E porventura de lhes ser eu filho
Enlevam-se, e repetem, não sem glória,
Os seus cantores d’Itajuba o nome”.

Vem primeiro Jucá de fero aspecto,
Duma onça bicolor cai-lhe na fronte
A pel’vistosa; sob as hirtas cerdas,
Como sorrindo, alvejam dentes brancos,
E nas vazias órbitas lampejam
Dois olhos, fulvos, maus. – No bosque, um dia,
A traiçoeira fera a cauda enrosca
E mira nele o pulo: do tacape
Jucá desprende o golpe, e furta o corpo:
Onde estavam seus pés, as duras garras
Encravam-se enganadas, e onde as garras
Morderam, beija a terra a fera exangue
E, morta, ao vencedor tributa um nome.

Vem depois Jacaré, senhor dos rios,
Ita-roca indomável, – Catucaba,
Primeiro sempre no combate, – o forte
Juçarana, – Poti ligeiro e destro,
O tardo Japeguá, – o sempre aflito
Piaíba, que espíritos perseguem:
Mojacá, Mopereba, irmãos nas armas,
Sempre unidos; ninguém não foi como eles!
Lagos de sangue derramaram juntos;
Filhos e pais e mães d’imigas tabas

Odeiam-nos chorando, e a glória d'ambos,
Assim chorada, mais e mais se exalta:
Çamotim, Pirajá, e outros infindos,
Heróis também, aos quais faltou somente
Nação menor, menos guerreira tribo.

Japi, o atirador, quando escutava
Os sons guerreiros do membi troante,
Na tesa corda a frecha embebe inteira,
E mira um javali que os alvos dentes,
Navalhados, remove; para, escuta...
Volvem-lhe os mesmos sons: bate-lhe o peito,
Os olhos pulam, – solta horrendo grito,
Arranca e roça a fera!... a fera atônita,
Aterrada, transida, treme, eriça
As duras cerdas; tiritante, pávida,
Esgazeando os olhos fascinados,
Recua: um tronco só lhe embarga os passos.
Por longo trato, de si mesma alheia,
Demora-se, lembrada: a custo o sangue
Volve de novo ao costumado giro,
Enquanto o vulto horrendo se recorda!

"Mas onde está Jatir?" pergunta o chefe,
Que debalde o procura entre os que o cercam:
"Jatir, dos olhos negros, que me luzem,
Melhor que o sol nascendo, dentro d'alma;
Jatir, que aos chefes todos anteponho,
Cuja bravura e temerário arrojo
Folgo em reger e moderar nos prélios;
Esse, por que não vem, quando vós vindes?"

– Corre Jatir no bosque, diz um chefe,
Bem sabes como: acinte se desgarra
Dos nossos, – anda só, talvez sem armas,
Talvez bem longe; acordo nele é certo,
Creio, de nos tachar assim de fracos! –

Pai de Jatir, Ogib, entrara em anos;
Grosseiro cedro mal lhe firma os passos,
Os olhos pouco veem; mas de conselho
Valioso e prestante. Ali, mil vezes,
Havia com prudência temperado
O juvenil ardor dos seus, que o ouviam.
Alheio agora da prudência, escuta
A voz que o filho amado lhe crimina.
Sopra-lhe o dizer acre a cinza quente,
Viva, acesa, antes brasa, – o amor paterno:
Amor inda tão forte na velhice,
Como no dia venturoso, quando
Cendi, que os olhos seus só viram bela,
Sorrindo luz de amor dos meigos olhos,
Carinhosa lho deu; quando na rede
Ouvia com prazer as ledas vozes
Dos companheiros seus, – e quando absorto,
Olhos pregados no gentil menino,
Bem longas horas, sim, porém bem doces
Levou cismando aventuradas sinas.
Ali o tinha, ali meigo e risonho
Aqueles tenros braços levantava;
Aqueles olhos límpidos se abriam
À luz da vida: cândido sorriso,
Como o sorrir da flor no romper d'alva,
Radiava-lhe o rosto: quem julgara,

Quem pudera aventar, supor ao menos
Haverem de apertar-se aqueles braços
Tão mimosos, um dia, contra o peito
Arquejante e cansado, – e aqueles olhos
Verterem pranto amargo em soledade?
Incrível – porém lágrimas cresceram-lhe
Dos olhos, – lá tombou-lhe uma, das faces
No filho, em cujo rosto um beijo a enxuga.

Agora, Ogib, alheio à prudência,
Que ensina, imputações tão más ouvindo
Contra o filho querido, acre responde.

"São torpes os anuns que em bandos folgam[24],
São maus os caititus[25], que em varas pascem.
Somente o sabiá geme sozinho,
E sozinho o condor aos céus remonta.
Folga Jatir de só viver consigo:
Em bem, que tens agora que dizer-lhe?
Esmaga o seu tacape a quem vos prende,
A quem vos dana, afoga entre os seus braços,
E em quem vos acomete, emprega as setas.
Fraco! não temes já que te não falte
O primeiro entre vós, Jatir, meu filho?"

Despeitoso Itajuba, ouvindo um nome,
Embora o de Jatir, apregoado
Melhor, maior que o seu, a testa enruga
E diz severo aos dois qu'inda argumentam:

---

24. O anum (pelincho) nidifica coletivamente.

25. Porco-do-mato.

"Mais respeito, mancebo, ao sábio velho,
Qu'éramos nós crianças, manejava
A seta e o arco em defensão dos nossos.
Tu, velho, mais prudência. Entre nós todos
O primeiro sou eu: Jatir, teu filho,
É forte e bravo; porém novo. Eu mesmo
Gabo-lhe o porte e a gentileza; e aos feitos
Nóveis aplaudo: bem maneja o arco,
Vibra certeira a frecha; mas... (sorrindo
Prossegue) afora dele inda há quem saiba
Mover tão bem as armas, e nos braços
Robustos, afogar fortes guerreiros.
Jatir virá, senão... serei convosco,
(Disse voltado para os seus, que o cercam)
E bem sabeis que vos não falto eu nunca".

Altercam eles nas ruidosas tabas,
Enquanto Jurucei com pé ligeiro
Caminha: as aves docemente atitam,
De ramo em ramo – docemente o bosque
A medo rumoreja, – a medo o rio
Escoa-se e murmura: um burburinho,
Confuso se propaga, – um raio incerto
Dilata-se do sol dourando o ocaso.
Último som que morre, último raio
De luz, que treme incerta, quantos entes
Oh! quantos! hão de ver a luz de novo
E o romper d'alva, e os céus, e a natureza
Risonha e fresca, – e os sons, e os ledos cantos
Ouvir das aves tímidas no bosque
Outra vez ao surgir da nova aurora?!

CANTO SEGUNDO

Desdobra-se da noite o manto escuro:
Leve brisa sutil pela floresta
Enreda-se e murmura, – amplo silêncio
Reina por fim. Nem saberás tu como
Essa imagem da morte é triste e torva,
Se nunca, a sós contigo, a pressentiste
Longe deste zunir da turba inquieta.
No ermo, sim; procura o ermo e as selvas...
Escuta o som final, o extremo alento,
Que exala em fins do dia a natureza!
O pensamento, que incessante voa,
Vai do som à mudez, da luz às sombras
E da terra sem flor, ao céu sem astro.
Semelha a fraca luz, qu'inda vacila
Quando, em ledo sarau, o extremo acorde
No deserto salão geme, e se apaga!

Era pujante o chefe dos Timbiras,
Sem conta seus guerreiros, três as tabas,
Opimas, – uma e uma derramadas
Em giro, como dança de guerreiros.
Quem não folgara de as achar nas matas!
Três flores em três hastes diferentes
Num mesmo tronco, – três irmãs formosas
Por um laço de amor ali prendidas
No ermo; mas vivendo aventuradas?
Deu-lhes assento o herói entre dois montes,
Em chã copada de frondosos bosques.
Ali o cajazeiro as perfumava,

O cajueiro, na estação das flores,
De vivo sangue marchetava as folhas;
As mangas, curvas à feição de um arco,
Beijavam-lhes o teto; a sapucaia
Lambia a terra, – em graciosos laços
Doces maracujás de espessas ramas
Sorriam-se pendentes; o pau d'arco
Fabricava um dossel de cróceas flores,
E as parasitas de matiz brilhante
A úsnea das palmeiras estrelavam!

Quadro risonho e grande, em que não fosse
Em granito ou em mármore talhado!
Nem palácios, nem torres avistaras,
Nem castelos que os anos vão comendo,
Nem grimpas, nem zimbórios, nem feituras
Em pedra, que os humanos tanto exaltam!
Rudas palhoças só! que mais carece
Quem há de ter somente um sol de vida,
Jazendo negro pó antes do ocaso?
Que mais? Tão bem a dor há de sentar-se
E a morte revoar tão solta em gritos
Ali, como nos átrios dos senhores.
Tão bem a compaixão há de cobrir-se
De dó, limpando as lágrimas do aflito.
Incerteza voraz, tímida esp'rança,
Desejo, inquietação também lá moram:
Que sobra pois em nós, que falta neles?

De Itajuba separam-se os guerreiros:
Mudos, às portas das sombrias tabas,
Imóveis, nem que fossem duros troncos,

Pensativos meditam: já na guerra
Nada receiam, que Itajuba os manda:
O encanto, os manitôs inda o protegem,
Vela Tupã sobre ele, e os santos piagas
Comprida série de floridas quadras
Ver lhe asseguram: nem de há pouco a luta,
Melhor disseras de renome ensejo,
Os desmentiu, que nunca os piagas mentem.
Medo, certo, não têm; são todos bravos!
Por que meditam pois? Também não sabem!

Sai o piaga no entanto da caverna,
Que nunca humanos olhos penetraram;
Com ligeiro cendal os rins aperta,
Cocar de escuras plumas se debruça
Da fronte, em que se enxerga em fundas rugas
O tenaz pensamento afigurado.
Cercam-lhe os pulsos cascavéis loquazes,
Respondem outros, no tripúdio sacro,
Dos pés. Vem majestoso, e grave, e cheio
do Deus, que o peito seu, tão fraco, habita.
E enquanto o fumo lhe volteia em torno,
Como neblina em torno ao sol que nasce,
Ruidoso maracá nas mãos sustenta,
Solta do sacro rito os sons cadentes.

*

"Visita-nos Tupã, quando dormimos,
É só por seu querer que então sonhamos;
Escute-me Tupã! Sobre vós outros,
Poder do maracá por mim tangido,
Os sonhos desçam, quando o orvalho desce.

O poder de Anhangá[26] cresce co'a noite;
Solta de noite o mau seus maus ministros:
Caraibebes na floresta acendem
A falsa luz, que o caçador transvia.
Caraibebes enganosas formas
Dão-nos aos sonhos, quando nós sonhamos.
Poder do fumo, que lhes quebra o encanto,
De vós se partam; mas Tupã vos olhe,
Descendo os sonhos, quando o orvalho desce.

Tristonhos pios a acauã[27] desata,
Quando ao guerreiro prognostica males;
Tristonhos bandos de urubus vorazes
Os sonhos turbam das vencidas hostes:
Cheios de medo os manitôs desertam
As tabas mudas, que hão de ser calcadas,
Já cinza fria, pelo imigo fero.
Não fujam Manitôs as nossas tabas!
Urubus, acauãs nos vossos sonhos,
Virtude e força deste meu tripúdio,
Não se vos pintem; mas Tupã vos olhe
Descendo os sonhos, quando o orvalho desce!

O sonho e a vida são dois galhos gêmeos;
São dois irmãos que um laço amigo aperta:
A noite é o laço; mas Tupã é o tronco
E a seve e o sangue que circula em ambos.
Vive melhor quem da existência ignaro,
Na paz da noite, novas forças cria.

---

26. O espírito do mal, que aparecia sob a forma de um veado, prenunciando a desgraça.

27. Ave cujo canto os índios consideravam de mau agouro.

O louco vive com aferro, enquanto
N'alma lhe ondeiam do delírio as sombras,
De vida espúrias; Deus porém lhas rompe,
E na loucura do porvir nos fala!
Tupã vos olhe, e sobre vós do Ibaque
Os sonhos desçam, quando o orvalho desce".

Assim cantava o piaga merencório,
Tangia o maracá, dançava em roda
Dos guerreiros: pudera ouvido atento
Os sons finais da lúgubre toada
Na plácida mudez da noite amiga
De longe, em coro ouvir: "Sobre nós outros
os sonhos desçam, quando o orvalho desce".

Calou-se o piaga, já descansam todos!
Almo Tupã os comunique em sonhos,
E os que sabem tão bem vencer batalhas,
Quando acordados malbaratam golpes,
Saibam dormidos figurar triunfos!

Mas que medita o chefe dos Timbiras?
Bosqueja porventura ardis de guerra,
Fabrica e enreda as ásperas ciladas,
E a olhos nus do pensamento enxerga
Desfeita em sangue revolver-se em gritos
Morte pávida e má?! ou sente e avista,
Escandescida a mente, o deus da guerra
Impávido Aresqui, sanhudo e forte,
Calcar aos pés cadáveres sem conto,
Na destra ingente sacudindo a maça,
Donde certeira como o raio, desce

A morte, e banha-se orgulhosa – em sangue?
Al[28] sente o bravo; outro pensar o ocupa!
Nem Aresqui, nem sangue se lhe antolha,
Nem resolve consigo ardis de guerra,
Nem combates, nem lágrimas medita:
Sentiu calar-lhe n'alma um sentimento
Gelado e mudo, como o véu da noite.
Jatir, dos olhos negros, onde para?
Que faz? que lida? ou que fortuna corre?
Três sóis já são passados: quanto espaço,
Quanto azar não correu nos amplos bosques
O impróvido mancebo aventureiro?
Ali na relva a cascavel se esconde,
Ali, das ramas debruçado, o tigre
Aferra traiçoeiro a presa incauta!
Reserva-lhe Tupã mais fama e glória,
E voz amiga de cantor suave
Co'os altos feitos lhe embalsame o nome!

Assim discorre o chefe, que em nodoso
Tronco rudo-lavrado se recosta:
Não tem poder a noite em seus sentidos,
Que à mesma ideia de contínuo volvem.
Vela e treme nos tetos da cabana
A baça luz das resinosas tochas,
Acres perfumes recendendo; – alastram
De rubins cor de brasa a flor do rio!

"Ouvira com prazer um triste canto",
Diz lá consigo; "um canto merencório,
Que este presságio fúnebre espancasse.

---

28. Al: outra coisa.

Bem sinto um não sei quê aferventar-se-me
Nos olhos, que vai prestes expandir-se:
Não sei chorar, bem sei; mas fora grato,
Talvez bem grato! à noite, e a sós comigo,
Sentir macias lágrimas chorando.
O talo agreste de um cipó sem graça
Verte compridas lágrimas cortado;
O tronco do cajá desfaz-se em goma,
Suspira o vento, o passarinho canta,
O homem chora! eu só, mais desditoso,
Invejo o passarinho, o tronco, o arbusto,
E quem, feliz, de lágrimas se paga".

Longo espaço depois falou consigo,
Mudo e sombrio: "Sabiá das matas,
Croá (diz ele ao filho d'Iandiroba),
As mais canoras aves, as mais tristes
No bosque, a suspirar contigo aprendam.
Canta, pois que trocara de bom grado
Os altos feitos pelos doces carmes
Quem quer que os escutou, mesmo Itajuba".

Emudeceu: na taba quase escura,
Com pé alterno a dança vagarosa,
Aos sons do maracá, traçava os passos.

"Flor de beleza, luz de amor, Coema",
Murmurava o cantor, "onde te foste,
Tão doce e bela, quando o sol raiava?
Coema, quanto amor que nos deixaste!
Eras tão meiga, teu sorrir tão brando,
Tão macios teus olhos! teus acentos

Cantar perene, tua voz gorjeios,
Tuas palavras mel! O romper d'alva,
Se encantos punha a par dos teus encantos,
Tentava embalde pleitear contigo!
Não tinha a ema porte mais soberbo,
Nem com mais graça recurvava o colo!
Coema, luz de amor, onde te foste?

Amava-te o melhor, o mais guerreiro
Dentre nós: elegeu-te companheira,
A ti somente, que só tu achavas
Sorriso e graça na presença dele.
Flor, que nasceste no musgoso cedro,
Cobravas páreas de abundante seiva,
Tinhas abrigo e proteção das ramas...
Que vendaval te despegou do tronco,
E ao longe, em pó, te esperdiçou no vale?
Coema, luz de amor, flor de beleza,
Onde te foste, quando o sol raiava?

Anhangá rebocou estreita igara
Contra a corrente: Orapacém vem nela,
Orapacém, Tupinambá famoso.
Conta prodígios duma raça estranha,
Tão alva como o dia, quando nasce,
Ou como a areia cândida e luzente,
Que as águas dum regato sempre lavam.
Raça, a quem os raios prontos servem,
E o trovão e o relâmpago acompanham.
Já de Orapacém os mais guerreiros
Mordem o pó, e as tabas feitas cinza
Clamam vingança em vão contra os estranhos,

Talvez doutros estranhos perseguidos,
Em punição talvez d'atroz delito.
Orapacém, fugindo, brada sempre:
Mair![29] Mair! Tupã! – Terror que mostra,
Brados que solta, e as derrocadas tabas,
Desde Tapuitapera alto proclamam
Do vencedor a indômita pujança.
Ai! não viesse nunca às nossas tabas
O tapuia mendaz, que os bravos feitos
Narrava do Mair; nunca os ouviras,
Flor de beleza, luz de amor, Coema!

A cega desventura, nunca ouvida,
Nos move à compaixão: prestes corremos
Com ledo gasalhado a restaurá-los
Da vil dureza do seu fado: dormem
Nas nossas redes, diligentes vamos
Colher-lhes frutos, – descansados folgam
Nas nossas tabas: Itajuba mesmo
Of'rece abrigo ao palrador tapuia!
Hóspedes são, nos diz; Tupã os manda:
Os filhos de Tupã serão bem-vindos,
Onde Itajuba impera! – Ai que não eram,
Nem filhos de Tupã, nem gratos hóspedes
Os vis que o rio, a custo, nos trouxera;
Antes dolosa resfriada serpe
Que ao nosso lar criou vida e peçonha.
Quem nunca os vira! porém tu, Coema,
Leda avezinha, que adejavas livre,
Asas da cor da prata ao sol abrindo,
A serpente cruel por que fitaste,
Se já do olhado mau sentias pejo?!

29. Assim chamavam os índios aos franceses.

Ouvimos, uma vez, da noite em meio,
Voz de aflita mulher pedir socorro
E em tom sumido lastimar-se ao longe.
Orapacém! – bradou feroz três vezes
O filho de Jaguar: clamou debalde.
Somente acode o eco à voz irada.
Quando ele o malfeitor no instinto enxerga,
Em sanhas rompe o chefe hospitaleiro,
E tenta com afã chegar ao termo,
Donde as querelas míseras partiam.
Chegou – já tarde! – nós, mais tardos inda,
Assistimos ao súbito espetáculo!

Queimam-se raros fogos nas desertas
Margens do rio, quase imerso em trevas:
Afadigados no labor noturno,
Os traiçoeiros hóspedes caminham.
Pejando à pressa as côncavas igaras.
Longe, Coema, a doce flor dos bosques,
Com voz de embrandecer duros penhascos,
Suplica e roja em vão aos pés do fero,
Caviloso tapuia! Não resiste
Ao fogo da paixão, que dentro lavra,
O bárbaro, que a viu, que a vê tão bela!

Vai arrastá-la , – quando sente uns passos
Rápidos, breves, – volta-se: – Itajuba!
Grita; e os seus, medrosos, receando
A perigosa luz, os fogos matam.
Mas, no extremo clarão que eles soltaram,
Viu-se Itajuba com seu arco em punho,
Calculando a distância, a força e o tiro:
Era grande a distância, a força imensa..."

"E a raiva incrível", continua o chefe,
A antiga cicatriz sentindo abrir-se!
"Ficou-me o arco em dois nas mãos partido,
E a frecha vil caiu-me aos pés sem força".
E assim dizendo nos cerrados punhos
De novo pensativo a fronte oprime.

"Sim", tornava o cantor, "imenso e forte
Devera o arco ser, que entre nós todos
Só um achou, que lhe vergasse as pontas,
Quando Jaguar morreu! – partiu-se o arco!
Depois ouviu-se um grito, após ruído,
Que as águas fazem no tombar de um corpo;
Depois – silêncio e trevas..."

"Nessas trevas",
Replicava Itajuba, – "inteira a noite,
Louco vaguei, corri d'encontro às rochas,
Meu corpo lacerei nos espinheiros,
Mordi sem tino a terra já cansado:
Soluçavam porém meus frouxos lábios
O nome dela tão querido, e o nome...
Aos vis Tupinambás nunca os eu veja,
Ou morra, antes de mim, meu nome e glória
Se os não hei de punir ao recordar-me
A aurora infausta que me trouxe aos olhos
O cadáver..." Parou, que a estreita gorja
Recusa aos cavos sons prestar acento.

"Descansa agora o pálido cadáver
(Continua o cantor) junto à corrente
Do regato, que volve areias d'ouro.

Ali agrestes flores lhe matizam
O modesto sepulcro, – aves canoras
Descantam tristes nênias ao compasso
Das águas, que também nênias soluçam.

Suspirada Coema, em paz descansa
No teu florido e fúnebre jazigo;
Mas quando a noite dominar no espaço,
Quando a lua coar úmidos raios
Por entre as densas, buliçosas ramas,
Da cândida neblina veste as formas,
E vem no bosque suspirar co'a brisa:
Ao guerreiro, que dorme, inspira sonhos,
E à virgem, que adormece, amor inspira".

Calou-se; o maracá rugiu de novo
A extrema vez, e jaz emudecido.
Mas no remanso do silêncio e trevas,
Como débil vagido, escutarias
Queixosa voz, que repetia em sonhos:
"Veste, Coema, as formas da neblina,
Ou vem nos raios trêmulos da lua
Cantar, viver e suspirar comigo".

*

Ogib, o velho, pai do aventureiro
Jatir, não dorme nos vazios tetos:
Do filho ausente prendem-no cuidados;
Vela cansado e triste o pai coitado,
Lembrando-se desastres que passaram
Impróvidos, no bosque pernoitando,

E vela, – e a mente aflita mais se enluta,
Quanto mais cresce a noite e as trevas crescem!

Já tarde, sente uns passos apressados,
Medindo a taba escura; o velho treme,
Estende a mão convulsa, e roça um corpo
Molhado e tiritante: a voz lhe falta...
Atende largo espaço, até que escuta
A voz do sempre aflito Piaíba,
Ao pé do fogo extinto lastimar-se:

"O louco Piaíba, a noite inteira,
Andou nas matas; miserando sofre;
O corpo tem aberto em fundas chagas,
E o orvalho gotejou fogo sobre elas:
Como o verme na fruta, um Deus maligno
Lhe mora na cabeça, oh! quanto sofre!

Enquanto o velho Ogib está dormindo
Vou-me aquecer;
O fogo é bom, o fogo aquece muito;
Tira o sofrer.
Enquanto o velho dorme, não me expulsa
D'ao pé do lar;
Dou-lhe a mensagem, que me deu a morte,
Quando acordar!
Eu vi a morte; vi-a bem de perto
Em hora má!
Vi-a de perto, não me quis consigo
Por ser tão má.
Só não tem coração, dizem os velhos,
E é bem de ver;

Que, se o tivera, me daria a morte,
Que é meu querer.
Não quis matar-me; mas é bem formosa;
Eu vi-a bem:
É como a virgem, que não tem amores,
Nem ódios tem.
O fogo é bom, o fogo aquece muito,
Quero-lhe bem!"

Remexe, assim dizendo, as frias cinzas
E mais e mais conchega-se ao borralho.
O velho entanto, erguido a meio corpo
Na rede, escuta pávido, e tirita
De frio e medo, – quase igual delírio
Castiga-lhe as ideias transtornadas.

"Já me não lembra o que me disse a morte!...
Ah! sim, já sei!
– Junto ao sepulcro da fiel Coema,
Ali serei:
Ogib emprazo, que a falar me venha
Ao anoitecer! –
O velho Ogib há de ficar contente
Co'o meu dizer;
Talvez que o velho, que viveu já muito,
Queira morrer!"

Emudeceu: alfim tornou mais brando:

"Mas dizem que a morte procura mancebos,
Porém tal não é;
Que colhe as florinhas abertas de fresco

E os frutos no pé?!...
Não, não, que só ama sem folhas as flores,
E sem perfeição;
E os frutos perdidos, que apanha gulosa,
Caídos no chão.
Também me não lembra que tempo hei vivido,
Nem por que razão
Da morte me queixo, que vejo, e não vê-me,
Tão sem compaixão".

As ânsias não vencendo, que o soçobram,
Salta da curva rede Ogib aflito;
Trêmulo as trevas apalpando, topa,
E roja miserando aos pés do louco.

"Oh! dize-me, se a viste, e se em tua alma
Algum sentir humano inda se aninha,
Jatir, que é feito dele? Disse a morte
Haver-me cobiçado o moço imberbe,
A cara luz dos meus cansados olhos?
Oh, dize-o! Assim o espírito inimigo
Folgados anos respirar te deixe!"

O louco ouviu nas trevas os soluços
Do velho, mas seus olhos nada alcançam.
Pasma, e de novo o seu cantar começa:
"Enquanto o velho dorme, não me expulsa
D'ao pé do lar".

– "Mas expulsei-te eu nunca?"
Tornava Ogib a desfazer-se em pranto,
Em ânsias de transido desespero.

"Bem sei que um Deus te mora dentro d'alma;
E nunca houvera Ogib de espancar-te
Do lar, onde Tupã é venerado.
Mas fala! oh! fala, uma só vez repete-o:
Vagaste à noite nas sombrias matas..."

"Silêncio!" brada o louco: "não escutas?!"
E para, como ouvindo uns sons longínquos.
Depois prossegue: "Piaíba o louco
Errou de noite nas sombrias matas;
O corpo tem aberto em fundas chagas,
E o orvalho gotejou fogo sobre elas.
Geme e sofre e sente fome e frio,
Nem há quem de seus males se condoa.
Oh! tenho frio! o fogo é bom, e aquece,
Quero-lhe bem!"

"Tupã, que tudo podes",
Orava Ogib em lágrimas desfeito,
"A vida inútil do cansado velho
Toma, se a queres; mas que eu veja em vida
Meu filho, e só depois me colha a morte".

CANTO TERCEIRO

Era a hora em que a flor balança o cálix
Aos doces beijos da serena brisa,
Quando a ema soberba alteia o colo,
Roçando apenas o matiz relvoso;
Quando o sol vem dourando os altos montes,

E as ledas aves à porfia trinam,
E a verde coma dos frondosos cerros
Move o perfume, que embalsama os ares;
Quando a corrente meio oculta soa
De sob o denso véu da parda névoa;
Quando nos panos das mais brancas nuvens
Desenha a aurora melindrosos quadros
Gentis orlados com listões de fogo;
Quando o vivo carmim do esbelto cáctus
Refulge a medo abrilhantado esmalte,
Doce poeira de aljofradas gotas,
Ou pó sutil de pérolas desfeitas.

Era a hora gentil, filha de amores,
Era o nascer do sol, libando as meigas,
Risonhas faces da luzente aurora!
Era o canto e o perfume, a luz e a vida,
Uma só coisa e muitas, – melhor face
Da sempre vária e bela natureza:
Um quadro antigo, que já vimos todos,
Que todos com prazer vemos de novo.

Ama o filho do bosque contemplar-te,
Risonha aurora, – ama acordar contigo;
Ama espreitar nos céus a luz que nasce,
Ou rósea ou branca, já carmim, já fogo,
Já tímidos reflexos, já torrentes
De luz, que fere oblíqua os altos cimos.
Amavam contemplar-te os de Itajuba
Impávidos guerreiros, quando as tabas
Imensas, que Jaguar fundou primeiro
Cresciam, como crescem gigantescos

Cedros nas matas, prolongando a sombra
Longe nos vales, – e na copa excelsa
Do sol estivo os abrasados raios
Parando em vasto leito de esmeraldas.

As três formosas tabas de Itajuba
Já foram como os cedros gigantescos
Da corrente empedrada: hoje acamados
Fósseis que dormem sob a térrea crusta,
Que os homens e as nações por fim sepultam
No bojo imenso! – Chame-lhe progresso
Quando do extermínio secular se ufana;
Eu modesto cantor do povo extinto
Chorarei nos vastíssimos sepulcros,
Que vão do mar aos Andes, e do Prata
Ao largo e doce mar das Amazonas.
Ali me sentarei meditabundo
Em sítio, onde não ouçam meus ouvidos
Os sons frequentes d'europeus machados
Por mãos de escravos afros manejados;
Nem veja as matas arrasar, e os troncos,
Donde chorando a preciosa goma,
Resina virtuosa e grato incenso
A nossa incúria grande eterno asselam;
Em sítio onde os meus olhos não descubram
Triste arremedo de longínquas terras.
Aos crimes das nações Deus não perdoa;
Do pai aos filhos e do filho aos netos,
porque um deles de todo apague a culpa,
Virá correndo a maldição – contínua,
Como fuzis de uma cadeia eterna.
Virão nas nossas festas mais solenes

Miríadas de sombras miserandas,
Escarnecendo, secar o nosso orgulho
De nação; mas nação que tem por base
Os frios ossos da nação senhora,
E por cimento a cinza profanada
Dos mortos, amassada aos pés dos escravos.
Não me deslumbra a luz da velha Europa;
Há de apagar-se, mas que a inunde agora;
E nós!... sucamos leite mau na infância,
Foi corrompido o ar que respiramos,
Havemos de acabar talvez primeiro.

América infeliz! – que bem sabia,
Quem te criou tão bela e tão sozinha,
Dos teus destinos maus! Grande e sublime
Corres de polo e polo entre dois mares
Máximos do globo: anos da infância
Contavas tu por séculos! que vida
Não fora a tua na sazão das flores!
Que majestosos frutos, na velhice,
Não deras tu, filha melhor do Eterno;
América infeliz, já tão ditosa
Antes que o mar e os ventos não trouxessem
A nós o ferro e os cascavéis da Europa?!
Velho tutor e avaro cobiçou-te,
desvalida pupila, a herança pingue
E o brilho e os dotes da sem par beleza!
Cedeste, fraca; e entrelaçaste os anos
Da mocidade em flor – às cãs e à vida
Do velho, que já pende e já declina
Do leito conjugal imerecido
À campa, onde talvez cuida encontrar-te!

Tu, filho de Jaguar, guerreiro ilustre,
E os teus, de que então vos ocupáveis,
Quando nos vossos mares alinhadas
As naus de Holanda, os galeões de Espanha,
As fragatas de França, e as caravelas
E portuguesas naus se abalroavam,
Retalhando entre si vosso domínio,
Qual se vosso não fora? Ardia o prélio,
Fervia o mar em fogo à meia-noite,
Nuvem de espesso fumo condensado
Toldava astros e céus; e o mar e os montes
Acordavam rugindo aos sons troantes
Da insólita peleja! – Vós, guerreiros,
Vós, que fazíeis, quando a espavorida
Fera bravia procurava asilo
Nas fundas matas, e na praia o monstro
Marinho, a quem o mar, já não seguro
Reparo contra a força e indústria humana,
Lançava alheio e pávido na areia?
Agudas setas, válidos tacapes
Fabricavam talvez!... ai não... capelas,
Capelas enastravam para ornato
Do vencedor; – grinaldas penduravam
Dos alindados tetos, porque vissem
Os forasteiros, que os paternos ossos
Deixando atrás, sem manitôs vagavam,
Os filhos de Tupã como os hospedam
Na terra a que Tupã não dera ferros!

*

Rompia a fresca aurora, rutilando
Sinais de um dia límpido e sereno.

Então vinham saindo os de Itajuba
Fortes guerreiros a contar os sonhos
Com que Tupã amigo os bafejara,
Quando as estrelas pálidas tombavam,
Já de clarão maior esmorecidas.
Vinham ledos ou tristes na aparência,
Timoratos ou cheios de ardimento,
Como o futuro evento se espelhava
Nos sonhos, bons ou maus; mas acordá-los
Disparatados, e o melhor de tantos
Coligir, era missão mais alta.
Não fosse o piaga intérprete divino,
Nem os seus olhos penetrantes vissem
O porvir, ao través do véu do tempo,
Como ao través do corpo a mente enxergam;
Não fosse, e quem há i que se afoutasse
Em campo de batalha a expor a vida,
A vida nossa tão querida, e tanto
Da flor a vida breve semelhando;
Roaz inseto a vai traçando em giro,
Nem mais revive uma só vez cortada!

Mande porém Tupã seus gratos filhos,
Rogados sonhos, que os decifra o piaga:
E Tupã, de benigno os influi sempre
Em vésp'ras de batalha, como as chuvas
Descem, quando a terra humores pede,
Ou como, em sazão própria, brotam flores.

Postam-se em forma de crescente os bravos:
Ávida turba mulheril no entanto
O rito sacro impaciente aguarda.

Brincam na relva os folgazões meninos,
Enquanto os mais crescidos, contemplando
O aparato elétrico das armas,
Enlevam-se; e, mordidos pela inveja,
Discorrem lá consigo: Quando havemos
Nós outros, d'empunhar daqueles arcos,
E quando levaremos de vencida
As hostes vis do pérfido Gamela!

Vem por fim Itajuba. O piaga austero,
Volvendo o maracá nas mãos mirradas,
Pergunta: "Foi o espírito convosco,
O espírito da força, e os ledos sonhos,
Ministros de Tupã, núncios da glória?"
– Sim, foram, lhe respondem, ledos sonhos,
Correios de Tupã; mas o mais claro,
É duro nó que o piaga só desata.
"Dizei-os pois que vos escuta o piaga".
Disse, e maneja o maracá: das bocas
Do mistério divino, em puros flocos
De neve, o fumo em borbotões golfeja.

Diz um que, divagando em matas virgens,
Sentira a luz fugir-lhe de repente
Dos olhos, – se não foi que a natureza,
Por mágico feitiço transtornada,
Vestia por si mesma novas galas
E aspectos novos, – nem as elegantes,
Viçosas trepadeiras, nem as redes
Agrestes do cipó já divisava.
Em lugar da floresta, uma clareira
Relvosa descobria, em vez das árvores

Tão altas, de que havia pouco o bosque
Parecia ufanar-se, – um tronco apenas,
Mas tronco tal que os resumia a todos.

Ali sozinho o tronco agigantado
Luxuriava em folhas verde-negras,
Em flores cor de sangue, e na abundância
Dos frutos, como nunca os viu nas matas;
Tão alvos como a flor do mamãozeiro,
De macia penugem debruados.

"Extático de os ver ali tão belos,
Tais frutos, que eu algures nunca vira",
O bárbaro dizia, "fui colhendo
O melhor, porque o visse de mais perto.
Pesar de não saber se era salubre,
Ansiava gostá-lo, e em dura lida
Lutava o meu desejo co'a prudência.
Venceu aquele! ai não vencesse nunca!
Nunca, ludíbrio vão dos meus desejos,
Mordessem-no meus lábios ressequidos.
Contá-lo me arrepia! – Mal o toco,
Força-me a rejeitá-lo um quê de oculto,
Que os nervos me estremece: a causa inquiro...
Eis que uma cobra, uma coral, de dentro
Desdobra o corpo lúbrico, e em três voltas,
Mal grata armila, me circunda o braço.
Da vista e do contato horrorizado,
Sacudo o estranho ornato; em vão me agito:
Com quanto mais afã tento livrar-me,
Mais apertado o sinto. – Nisto acordo,
Úmido o corpo e fatigado, e a mente

Molesta ainda do combate inglório.
O que é, não sei; tu sabes tudo, ó piaga:
Há i talvez razão que eu não alcanço,
Que certo isto não é sonhar batalhas".

"Haja sentido oculto no teu sonho,
(Diz ao guerreiro o piaga) eu, que levanto
O véu do tempo, e aos mortais o mostro,
Dir-to-ei por certo; mas eu creio e tenho
Que algum gênio turbou-te a fantasia,
Talvez anguera de traidor Gamela;
Que os Gamelas são pérfidos em morte,
Como em vida". – "Assim é", diz Itajuba.

Outro sonhou com caçadas abundantes,
Temíveis caititus, pacas ligeiras,
Coatis e jabotins, – té onça e tigres,
Tudo em rimas, em feixes; outro em sonhos
Nada disto enxergou; porém cardumes
De peixes vários, que o timbó[30] prestante
Trazia quase à mão, se não fechados
Em mondés[31] espaçosos! – gáudio imenso!
De os ver ali raivando na estacada
Tão grandes serubins[32], trauíras[33] tantas,
Ou boiando sem tino à flor das águas![34]

---

30. Planta que induz efeito narcótico nos peixes.
31. Armadilha de caça.
32. Surubins.
33. Traíras.
34. Os peixes, por efeito do timbó, ficam boiando na água e podem ser apanhados com a mão.

Outros não viram nem mondés, nem peixes,
Nem aves, nem quadrúpedes; mas grandes
Camotins[35] transbordando argêntea espuma
Do fervente cauim; e por três noites
Girar em roda a taça do banquete,
Enquanto cada qual memora em cantos
Os feitos próprios: reina o guaú[36], que passa
Destes àqueles com cadência alterna.

O piaga exulta! "Eu vos auguro, ó bravos
do herói Timbira (clama entusiasta)
Leda vitória! Nunca em nossas tabas
Haverá de correr melhor folgança,
Nem ganhareis jamais honra tamanha.
Bem sabeis como é de uso entre os que vencem
Festejar o triunfo: o canto e a dança
Marcham de par, – banquetes se preparam,
E a glória da nação mais alta brilha!
Oh! nunca sobre as tabas de Itajuba
Haverá de nascer mais grata aurora!"

Soam festivos gritos, e as pocemas
Dos guerreiros, que sôfregos escutam
Do piaga os ditos, e o feliz augúrio
Da próxima vitória. Não dissera,
Quem quer que fosse estranho aos usos deles,
Senão que por aquela densa pinha
De vulgo, se espalhara a fausta nova
De gloriosa ação já consumada,
Que os seus, validos da vitória, obraram.

---

35. Pote de barro que servia de urna funerária; igaçaba.

36. Canto chorado dos índios, quando recebiam e hospedavam o estrangeiro; tb. uma dança indígena.

Entanto Japeguá posto de parte,
Enquanto lavra em todos o contágio
Da glória e do prazer, – bem claro mostra
No rosto descontente o que medita.
"Prazer que em altos gritos se propala",
discorre lá consigo o Americano,
"É como a chama rápida correndo
Nas folhas da pindoba[37]: é falso e breve!"

Atenta nele o chefe dos Timbiras,
Como que interno, igual pressentimento
Rejeita, seu malgrado, a voz do piaga.
"Que pensa Japeguá? Acaso em sonhos
Tremendo e torvo se lhe antolha o êxito
Da batalha? ou seja, ou não conosco,
Que tarda em nos dizer seu pensamento?"

"Eu vi", diz Japeguá (e assim dizendo,
Sacode vezes três a fronte adusta,
Onde gravara da prudência o selo
Contínuo meditar). "Vi altos combros
De mortos já polutos, – vi lagoas
Brutas de sangue impuro e negrejante;
Vi setas e carcaz despedaçados,
Tacapes adentados, ou partidos
Ou já sem fio! vi..." Eis Catucaba
Malsofrido intervém, interrompendo
A narração do sonhador de males.
Bravo e ardido como é, nunca a prudência
Lhe foi virtude, nem por tal a aceita.
Nunca o membi guerreiro em seus ouvidos

37. Espécie de palmeira.

Troou medonho, inóspito combate,
Que às armas não corresse o valeroso,
Intrépido soldado; mais que tudo
Amava a luta, o sangue, vascas, transes,
Convulsos arrepios, altos gritos
Do vencedor, imprecações sumidas
Do que, vencido, jaz no pó sem glória.
Sim, ama e quer o tráfego das armas
Talvez melhor que a si; nem mais risonha
Imagem se lhe antolha, nem há coisa
Que tenha em mais apreço ou mais cobice.
O p'rigo mesmo, o leite dos combates,
(Cauim das almas fortes o chamava)
Era sorte e condão que o eletrizava:
Um p'rigo que aventasse era feitiço,
Que em delírio de febre o transtornava.
Fanático de si, ébrio de glória,
Lá se arrojava intrépido e brioso,
Onde pior, onde mais negro o via.

Não eram dois na esquadra de Itajuba
De gênios em mais pontos encontrados:
Por isso em luta sempre. Catucaba,
Fragueiro, inquieto, sempre aventuroso,
Em cata de mais glória e mais renome,
Sempre à mira de encontros arriscados,
Sempre o arco à mão, sempre embebida
Na corda tesa a frecha equilibrada,
Ninguém mais solto em vozes, mais galhardo
No guerreiro desplante, ou que mostrasse
Atrevido e soberbo e forte em campo
Quer pujança maior, quer mais orgulho.

Japeguá, corajoso, mas prudente,
Evitava o conflito; via o risco,
Media o seu poder e as posses dele
E o azar da luta e descansava em ócio.
Sua própria indolência revelava
Ânimo grande e não vulgar coragem.
Se fosse lá nos páramos da Líbia,
Deitado à sombra da árvore gigante
O leão da Numídia bem pudera
Trilhar por junto dele os movediços
Combros de areia, – amedrontando os ares
Com aquele bramir agreste e rudo,
Que as feras sem terror ouvir não sabem;
O índio ouvira impávido o rugido,
Sem que o terror lhe destingisse as faces;
E ao rei dos animais voltando o rosto,
Somente porque mais a jeito o visse,
Viram ambos, sombrios, majestosos,
Contemplarem-se a espaço, destemidos;
D'estranheza o leão os seus rugidos
Na gorja sufocar, e a nobre cauda,
Entre medos e assomos de ardimento,
Mover de leve e irresoluto aos ventos!

Um – era a luz fugaz fácil prendida
Nas plumas do algodão: luz que deslumbra
E que em breve amortece; outro – faísca,
Que, surda, pouco a pouco vai lavrando
Não vista e não sentida té que surge
Dum jato só, tornada incêndio e fumo.

"Que viste", diz-lhe o êmulo brioso,
"Só coalheiras de sangue inficionado,
Só tacapes e setas bipartidas,
E corpos já corruptos?! Eia, ó fraco,
Embora em ócio ignavo aqui descanses,
E nos misteres feminis te adestres!
Ninguém te chama à vida dos combates,
Não te almeja ninguém por companheiro,
Nem há de o sonho teu acobardar-nos.
É certo que haverá mortos sem conto.
Mas não seremos nós; – setas partidas,
As nossas, não; tacapes amolgados...
Mas os nossos verás mais bem talhantes,
Quando houverem partido imigos crânios".

"Herói, não em façanhas, mas nos ditos,
Lidador que a vileza d'alma encobres
Com frases descorteses, – já te viram,
Pendentes braço e armas, contemplando
Os feitos meus, pesar que sou cobarde.
Essa infame tarefa que me incumbes,
É minha, sim; mas por diverso modo:
Não ministro cauim às vossas festas;
Mas na refrega o meu trabalho é vosso.
Da batalha no campo achais defuntos,
Vossa glória e brasão, corpos sem conto,
Cujas feridas largas e profundas,
De largas e profundas, denunciam
A mão que as sói fazer com tanto efeito.
Não tenho espaço, onde recolha os ossos,
Não tenho cinto, onde pendure os crânios,
Nem colar onde caibam tantos dentes,
De quantos venci já; por isso inteiros

Lá vo-los deixo, heróis; e vós lá ides,
Em que me não queirais por companheiro,
Rivais dos urubus, fortes guerreiros,
Fácil triunfo conquistar nas trevas,
Aos vorazes tatus roubando a presa".

Calou-se... e o vulgo rosna em torno d'ambos,
Deste ou daquele herói tomando as partes.
"Pois quê?... há de ficar tamanha afronta
Impune, e não haveis levar das armas,
Por que o sangue a desbote e apague inteira?"

Diziam, – e a tais ditos mais fermenta
A raiva em ambos; fazem-lhes terreiro,
Já verga o arco, já se entesa a corda,
Já batem pés no solo pulvurento:
Correra o sangue de um, talvez o de ambos,
Que sobre os dois a morte abrira as asas!

"Silêncio!" brada o chefe dos Timbiras,
Interposto severo em meio a ambos;
De um lado e outro a turba circunfusa
Emudece, – divide-se largo espaço,
De cujo centro gira os torvos olhos
O herói, e só de olhar lhe estende as raias.
Assim de altivo píncaro descamba
Enorme rocha, obstruindo o leito
De um rio caudaloso: as fundas águas,
Latindo em vão na rocha volumosa,
Separam-se, cavando novos leitos,
Enquanto o antigo se resseca e abrasa.

"Silêncio", disse; e em torno os olhos gira,
Fúlgidos, negros: orgulhosas frontes,
Que aos golpes do tacape não se dobram,
Em torno sobre o peito vão caindo
Uma após outra; altivo um só apenas
Rebelde arrosta o olhar! – rápido golpe,
Rápido e forte, como o raio, o prostra
Na arena em sangue! Mosqueado tigre,
Se cai no meio de preás medrosos,
Talvez no primo impulso algum aferra;
Mas vê que foge a turba espavorida,
Vulgacho imbele! – ao mísero que prende
E torce ainda nas compridas garras,
Longe, sem vida, desdenhoso o arroja.

Assim o herói. Por longo tempo mudo,
Soberbo e grande alfim mostrando o rio,
Quedou sem mais dizer; o rio ao longe
As águas, como sempre, majestosas
Na gorja das montanhas derramava,
Caudal imenso. "Trás daqueles montes",
Diz Itajuba, "não sabeis quem seja?
Afronta e nome vil haja o guerreiro,
Que ousa lutas ferir, travar discórdias,
Quando o imigo boré tão perto soa".

Acorre o piaga em meio do conflito:
"Prudência, ó filho de Jaguar", exclama;
"Nem mais sangue timbira se derrame,
Que já não basta por pagar-nos deste,
Que derramaste, quanto houver nas veias
Dos pérfidos Gamelas. O que ouviste,

Que o forte Japeguá diz ter sonhado,
Assela o que Tupã me está dizendo,
Cá dentro em mim nos decifrados sonhos,
Depois que os funestou propínquo sangue".

"Devoto piaga (Mojacá prossegue)
Que vida austera e penitente vives
Dos rochedos na lapa venerada,
Tu, dos gênios do Ibaque bem fadado,
Tu, face a face com Tupã praticas
E vês nos sonhos meus melhor qu'eu mesmo,
Escuta, e dize, ó venerando piaga,
(Benévolo Tupã teus ditos ouça)
Anguera mau turbou-te a fantasia,
Aflito Mojacá, teu sonho mente".

Palavras tais no índio circunspecto,
Cujos lábios em vão nunca se abriram;
Guerreiro, cujos sonhos nunca foram,
Nem mesmo em risco estreito, pavorosos;
No vulgo frio horror vão trescalando,
Que entre a crença do piaga, e a deferência
Devida a tanto herói flutua incerta.

"Eu vi", diz ele, "vi em taba imiga
Guerreiro, como vós, comado e hirsuto!
A corda estreita do cruento rito
Os rins lhe aperta: a dura tangapema[38]
Sobrestá-lhe fatal; cantos se entoam
E a turba dançatriz em torno gira.
Sonho não foi, que o vi, como vos vejo;

---

38. Tacape.

Mas não vos direi já quem fosse o triste!
Se vísseis, como eu vi, a fronte altiva,
O olhar soberbo, – aquela força grande,
Aquele riso desdenhoso e fundo...
Talvez um só, nenhum talvez se encontre,
Que seja para estar no passo horrendo
Tão seguro de si, tão descansado!"

Acaso um tronco volumoso e tosco
De escamas fortes entre si travadas
Ali perto jazia. Ogib, o velho,
Pai do errante Jatir, ali sentou-se,
Ali triste pensava, até que o sonho
Do aflito Mojacá veio acordá-lo.
"Tupã! que mal te fiz, que assim me colha
Do teu furor a sete envenenada?"
Com voz chorosa e trêmula clamava.
"Escuto os gabos que só cabem nele,
Vejo e conheço o costumado ornato
Do filho meu querido! isto que fora,
A quem tão infeliz como eu não fosse,
Ventura grande, me constringe o peito!
Conheço o filho meu no que disseste,
Guerreiro, como a flor pelo perfume,
Como o esposo conhece a grata esposa
Pelas usadas penas da arazoia[39],
Que entre as folhas do bosque a espaços brilha.
Ai! nunca brilhe a flor, se hão de roê-la
Insetos; nunca vague a linda esposa
No bosque, se hão de as feras devorá-la!"

---

39. Saiote de penas usado pelas mulheres indígenas.

A dor que mostra o velho em todo o aspecto,
Nas vozes por soluços atalhadas,
Nas lágrimas que chora, os move a todos
A triste compaixão; mas mais àquele
Que, antes do pobre pai, já todo angústias,
Da própria narração se enternecia.
Às querelas de Ogib volta o rosto
O fatal sonhador, – que, seu malgrado,
As setas da aflição tendo cravado
Nas entranhas de um pai, quer logo o suco,
Fresco e saudável, do louvor, na chaga
Verter-lhe, donde o sangue em jorros salta.

"Tal era, tão impávido (prossegue,
Fitando o velho Ogib) o seu desplante,
Qual foi o de Jatir naquele dia,
Quando, novel nas artes do guerreiro,
Circundado se viu à nossa vista
D'imiga multidão: todos o vimos;
Todos da clara estirpe deslembrados,
Clamamos tristes, pávidos: – É morto!
Ele porém que o arco usar não pode,
O válido tacape desprendendo,
Sacode-o, vibra-o; fere, prostra e mata
A este, àquele; e em volumosos feixes
Acerva a turba vil, lucrando um nome.
Tapir, caudilho seu, que não suporta
Que um homem só e quase inerme, o cubra
De tamanho labéu, altivo brada:
– Cede-me, estulto, cede ao meu tacape
Que nunca ameaçou ninguém debalde.
E assim dizendo vibra crebros golpes,

Co'a bruta folha retalhando os ares!
Um couro de tapir, em vez de escudo,
Rijo e piloso lhe guardava os membros.
Jatir, do arco seu curvando as pontas,
Sacode a seta fina e sibilante,
Que vara o couro e o corpo e surge fora.
Tomba de chofre o índio, e o som da queda
Remata o som que a voz não rematara.
Vista a pel' do tapir, que o resguardava,
Japi, mesmo Japi lhe inveja o tiro".

Todo campo se aflige, todos clamam:
"Jatir! Jatir! o forte entre os mais fortes".
Ordem não há; mulheres e meninos
Baralham-se em tropel: o pranto, os gritos
Confundem-se: do velho Ogib entanto
Mal se percebe a voz "Jatir" gritando.

Itajuba por fim silêncio impondo
À turba mulheril, e à dos guerreiros
Mesta batalha: "Consultemos", disse,
"Consultemos o piaga: às vezes pode
O santo velho, serenando o Ibaque
Amigo bom tornar o Deus malquisto".

"Mas ora não!" – responde o piaga iroso.
"Só quando ruge a negra tempestade,
Só quando a fúria d'Anhangá fuzila
Raios do escuro céu na terra aflita
Do piaga vos lembrais? Tarda lembrança,
Tarda e fatal, guerreiros! Quantas vezes
Não fui, eu mesmo, nos terreiros vossos

Fincar o santo maracá? Debalde,
Debalde o fui, que à noite o achava sempre
Sem ofertas, que aos Deuses tanto prazem!
Nu e despido o vi, como ora o vedes.
(E assim dizendo mostra o sacrossanto
Mistério, que de irado pareceu-lhes
Soltar mais rouco som no seu rugido)
Quem de vós se lembrou que o santo piaga
Na lapa dos rochedos se mirrava
À pura míngua? Só Tupã, que ao velho
Deu não sentir os dentes aguçados
Da fome, que por dentro o remordia,
E mais cruel, passada entre os seus filhos!"

"Cegou-nos Anhangá", diz Itajuba,
"Fincado o maracá nos meus terreiros,
Cegou-nos certo! – nunca o vi sem honras!
Que se o vira, bom piaga... oh! não se diga
Que um homem só, dos meus, perece à míngua,
(Quem quer que seja, quanto mais um piaga)
Quando campeiam tantos homens d'arco
Nas tabas de Itajuba, – tantas donas
Na cultura dos campos adestradas.
Hoje mesmo farei que ao antro escuro
Caminhem tantos dons, tantas ofertas,
Que o seu santo mistério há de por força,
Quer o queiras, quer não, dormir sobre elas!"

"Talvez a rica of'renda aplaca os Deuses,
E saudável conselho a noite inspira!"
Disse e sem mais dizer se acolhe à gruta.

“À caça, ó meus guerreiros”, brada o chefe:
“Ledas donzelas ao cauim se apliquem,
Os meninos à pesca, à roça as donas,
Eia!” – Ferve o labor, reina o tumulto,
Que quase tanto val como a alegria,
Ou antes, só prazer que o povo gosta.

Já deslembrados do que ausente choram,
(Favor das turbas que tão leve passas!)
Ledos no peito, ledos na aparência
Todos se incumbem da tarefa usada.

Trabalho no prazer, prazer que moras
Dentro de tanto afã! festa que nasces
Sob auspícios tão maus, possa algum gênio,
Possa Tupã sorrir-te carinhoso,
E das alturas condoer-se amigo
Do triste, órfão de amor, e pai sem filho!

CANTO QUARTO

Bem-vindo seja o fausto mensageiro,
O melífluo Timbira, cujos lábios
Destilam sons mais doces do que os favos,
Que errado caçador na brenha inculta
Porventura topou! Hóspede amigo,
Ledo núncio de paz, que o território
Pisou de imigas hostes, quando a aurora
Despontava nos céus – bem-vindo seja!
Não luz mais brando e grato o romper d’alva

Que o teu sereno aspecto; nem mais doce
A fresca brisa da manhã cicia
Pela selvosa encosta, que a mensagem
Que o chefe imigo e fero anseia ouvir-te.
Melífluo Jurucei, bem-vindo sejas
Dos Gamelas ao chefe, Gurupema,
Senhor dos arcos, quebrador de setas,
Das selvas rei, filho de Icrá valente.

Assim consigo as hostes do Gamela:
Consigo só, que a usada gravidade
Já na garganta, a voz lhes retardava.
Não veio Jurucei? Posto de fronte,
Arco e frecha na mão feito pedaços,
Certo sinal do respeitoso encargo,
Por terra não lançou? – Que pois augura
Tal vinda, a não ser que o audaz Timbira
Melhor conselho toma; e porventura
De Gurupema receando as forças,
Amiga paz lhe of'rece, e em sinal dela
Do vencido Gamela o corpo entrega?!
Em bem! que a torva sombra vagarosa
Do outrora chefe seu há de aplacar-se,
Ouvindo a mesta voz das carpideiras,
E vendo no sarcófago depostas
As armas, que no Ibaque hão de servir-lhe,
E junto ao corpo, que foi seu, as plumas,
Enquanto vivo, insígnias de mando.
Embora ostente o chefe dos Timbiras
O ganhado troféu; embora à cinta
Ufano prenda o gadelhudo crânio,
Aberto em c'roa, do infeliz Gamela.

Embora; mas porém amigas quedem
Do Timbira e Gamela as grandes tabas,
E largo em roda na floresta imperem,
Que o mundo em peso, unidas, afrontaram!

Nascia a aurora: do Gamela as hostes
Em pé, na praia, o mensageiro aguardam
Sisudos, graves. Um caudal regato,
Cujo branco areal a prata imita,
Sereno ali volvia as mansas águas,
Como que triste de as levar ao rio,
Que ao mar conduz a rápida torrente
Por entre a selva umbrosa e broncas penhas.
Esta a praia! – em redor troncos gigantes
Que a folhagem no rio debruçavam,
Onde beber frescor os galhos vinham,
Luxuriando em viço! – penduradas
Trepadeiras gentis da coma excelsa,
Estrelando do bosque o verde manto
Aqui, ali, de flores cintilantes,
Meneavam-se ao vento, como fitas,
De que se enastra a coma a virgem bela.
Era um prado, uma várzea, um tabuleiro
Com mimoso tapiz de várias flores,
Agrestes, sim, mas belas. Gênio amigo
Chegou-lhe só a mágica vergasta!
Ei-las a prumo ao longo da corrente
Com requebros louçãos a enamorá-la.

A nós de embira aos troncos amarradas
Quase igaras sem conto figuravam
Ousada ponte no correr das águas
Por força mais qu'humana trabalhada.

Vê-as e pasma Jurucei, notando
O imigo poderio, e seu malgrado
Vai lá consigo mesmo discorrendo:
"Muitos e fortes são nossos guerreiros;
Muitos, certo, e as nossas tabas fortes,
Itajuba invencível; mas da guerra
É sempre incerto o azar e sempre vário!
E... quem sabe? talvez... mas nunca, oh! nunca!
Itajuba! Itajuba! – onde há no mundo
Posses que valham contrastar seu nome?
Onde a seta que valha derribá-lo,
E a tribo ou povo que os Timbiras vençam?!"

Entre as hostes que a si tinha fronteiras
Penetra! – tão galhardo era o seu gesto,
Tão sereno e guerreiro o seu desplante,
Que os Gamelas em si também disseram:
– "Missão de paz o traga, que se os outros
São tão feros assim, Tupã nos valha,
Sim, Tupã; que o não pode o rei das selvas".

Hospedagem sincera entanto of'recem
A quem talvez não tardará buscá-los
Com fina seta no leal combate.
Às igaras o levam pressurosos,
Servem-lhe o piraquém[40] na guerra usado,
E os loiros dons do colmeal agreste;
Servem-lhe amigos suculento pasto
Em banquete frugal; servem-lhe taças
(A ver se mais que a fome o instiga a sede)
De espumoso cauim, – taças pesadas

40. Espécie de coco.

Na funda noz da sapucaia abertas.
Sem temor o timbira vai provando
O mel, o piraquém, as iguarias;
Mas dos vinhos coíbe-se prudente.

Em remoto lugar forma conselho
O rei das selvas, Gurupema, enquanto
Restaura o mensageiro os lassos membros.
Chama primeira Caba-oçu valente;
As ríspidas melenas corredias
Cortam-lhe o rosto, – pendem-lhe nas costas,
Hirtas e lisas, como o junco em feixes
Acamados no leito ressequido
D'invernosa corrente. O rosto feio
Aqui, ali, negreja manchas negras
Como da bananeira a larga folha,
Colhida ao romper d'alva, qu'uma virgem
Nas mãos lascivas machucou brincando.

Valente é Caba-oçu; mas sem piedade!
Como sedenta fera almeja sangue
E de malvada ação cruel se paga.
Apresou em combate um seu contrário,
Que mais imigo tinha entre os imigos:
Da guerra os duros vínculos lançou-lhe
E a terreiro o chamou, como é de usança
Para o triunfo bélico adornado.
Fizeram-lhe terreiro os mais d'em torno:
Ele do sacrifício empunha a maça,
Impropérios assaca, vibra o golpe,
E antes que tombe o corpo, aferra os dentes
No crânio fulminado: jorra o sangue

No rosto, e em gorgolhões se expande ao cérebro,
Que a fera humana rábida mastiga!
E enquanto limpa à desgrenhada coma
Do sevo pasto o esquálido sobejo,
Bárbaras hostes do Gamela torcem,
A tanto horror, o transtornado rosto.

Vem Jepiaba, o forte entre os mais fortes,
Taiatu, Taiatinga, Nupançaba,
Tucura o ágil, Cravatá sombrio,
Andira, o sonhador de agouros tristes,
Que ele é primeiro a desmentir co'as armas,
Pirera que jamais foi vencido,
Itapeba, rival de Gurupema,
Oquena, que por si vale mil arcos,
Escudo e defensão dos seus que ampara;
E outros, e muitos outros, cuja morte
Não foi sem glória no cantar dos bardos.

"Guerreiros!" Gurupema assim começa,
"Antes de ouvir o mensageiro estranho
Consultar-vos me é força; a nós incumbe
Vingar do rei da selva a morte indigna.
Do que morreu, em que lhe seja eu filho,
Estende-se o desar sobre nós todos,
E a todos nós da gloriosa herança
Compete o desagravo. Se nos busca
O filho de Jaguar, é que nos teme;
A nossa fúria porventura intenta
Voltar a mais amigo sentimento.
Talvez do vosso chefe o corpo e as armas
Com larga pompa nos envia agora.
Basta-vos isto?"

Guerra! guerra! exclamam.

“Notai porém quanto é pujante o chefe
Que os Timbiras dirige. Sempre o segue
Fácil vitória, e mesmo antes da luta
As galas triunfais dispõe seguro”.

“Embora”, dizem uns; outros murmuram,
Que de tão grande herói, qualquer que seja
A oferta expiatória, em bem, se aceite.
Outros porém, e a maior parte, incertos
Vacilam no conselho. A injúria é grande,
Bem fundo a sentem, mas bem grande é o risco.

“Se o orgulho desce a ponto no Timbira,
Que pazes nos propõe”, diz Itapeba
Com dura voz e cavernoso acento,
“Já está vencido! Alguém pensa o contrário,
(E com despeito a Gurupema encara)
Alguém, não eu! Se havemos de barato
Dar-lhe a vitória, humildes aceitando
O triste câmbio (a ideia só me irrita)
De um morto por um arco tão valente,
Aqui as armas vis faço pedaços
Em breve trato, e vou-me a ter com esse,
Que sabe leis ditar, mesmo vencido!”

Como tormenta, que rouqueja ao longe
E som confuso espalha em surdos ecos;
Como rápida frecha corta os ares,
Já perto soa, já mais perto brame,
Já sobranceira enfim roncando estala:

Nasce fraco rumor que logo cresce,
Avulta, ruge, horríssono ribomba.
Oquena! Oquena! o herói nunca vencido,
Com voz troante e procelosa exclama,
Dominando o rumor, que longe ecoa:

"Fujam tímidas aves aos lampejos
Do raio abrasador, – medrosas fujam!
Mas não será que o herói se acanhe ao vê-los!
Itapeba, só nós somos guerreiros;
Só nós, que a olhos nus fitando o raio,
Da glória a senda estreita a par trilhamos.
Tens em mim quanto sou e quanto valho,
Armas e braço enfim!"

Eis rompe a densa
Turba que já d'em torno d'Itapeba
Formidável barreira alevantava.

Quadro pasmoso! os dois de mãos travadas,
Sereno o aspecto, plácido o semblante,
À fúria popular se apresentavam
De constância e valor somente armados.
Eram escolhos gêmeos, empinados,
Que a fúria de um vulcão ergueu nos mares.
Eterno ali serão co'os pés no abismo,
Co'os negros cimos devassando as nuvens,
Se outra força maior os não afunda.
Ruge embalde o tufão, embalde as vagas
Do fundo pego à flor do mar borbulham!

Estranha a turba, e pasma o desusado
Arrojo, que jamais assim não viram!

Mas mais que todos Caba-oçu valente
Enleva-se da ação que o maravilha;
E de nobre furor tomado e cheio,
Clama altivo: "Eu também serei convosco,
Eu também, que a só mercê vos peço
De haver às mãos o pérfido Timbira.
Seja, o que mais lhe apraz, invulnerável,
Que d'armas não careço por vencê-lo.
Aqui o tenho, – aqui comigo o aperto,
Estreitamente o aperto nestes braços,
(E os braços mostra e os peitos musculosos)
Há de medir a terra já vencido,
E orgulho e vida perderá co'o sangue,
Arrã soprada, que um menino espoca!"

E bate o chão, e o pé na areia enterra,
Orgulhoso e robusto: o vulgo aplaude,
De prazer e rancor soltando gritos
Tão altos, tais, como se ali tivera
Aos pés, rendido e morto o herói Timbira.

Por entre os alvos dentes que branquejam,
Ri-se o prazer nos lábios do Gamela.
Ao rosto a cor lhe sobe, aos olhos chega
Fugaz clarão da raiva que aos Timbiras
Votou de há muito, e mais que tudo ao chefe,
Que o espólio paternal mostra vaidoso.

Com gesto senhoril silêncio impondo
Alegre aos três a mão calosa of'rece,
Rompendo nestas vozes: "Desde quando
Cabe ao soldado pleitear combates

E ao chefe em ócio vil viver seguro?
Guerreiros sois, que os atos bem n'o provam;
Mas se vos não apraz ter-me por chefe,
Guerreiro também sou, e onde se ajuntam
Guerreiros, hão de haver lugar os bravos!
Serei convosco", – disse. E aos três se passa.

Soam batidos arcos, rompem gritos
Do festivo prazer, sobe de ponto
O ruidoso aplaudir. Só Itapeba,
Que ao seu rival deu azo de triunfo,
Mal satisfeito e quase irado rosna.

Um Tapuia, guerreiro adventício,
Filhado acaso à tribo dos Gamelas,
Pede atenção, – prestam-lhe ouvidos todos.
Estranho, é certo; porém longa vida
A velhice robusta lhe autoriza.
Muito há visto, sofreu muitos reveses,
Longas terras correu, aprendeu muito;
Mas quem é, donde vem, qual é seu nome?
Ninguém o sabe: ele o não disse nunca.
Que vida teve, a que nação pertence,
Que azar o trouxe à tribo dos Gamelas?
Ignora-se também. Nem mesmo o chefe
Perguntar-lho se atreve. É forte, é sábio,
É velho e experiente, o mais que importa?
Chamem-lhe o forasteiro, é quanto basta.
Se à caça os aconselha, a caça abunda;
Se à pesca, os rios cobrem-se de peixes;
Se à guerra, ai da nação que ele indigita!
Valem seus ditos mais que valem sonhos,
E acerta mais que os piagas nos conselhos.

"Mancebo (assim diz ele a Gurupema)
Já vi o que por vós não será visto,
Imensas tabas, bárbaros imigos,
Como nunca os vereis; andei já tanto,
Que o não fareis, andando a vida inteira!
Estranhos casos vi, chefes pujantes!
Tabira, o rei dos bravos Tobajaras,
Alquíndar, que talvez já não exista,
Iperu, Jepipó de Mambucada,
E Coniã, rei dos festins guerreiros;
E outros, e outros mais. Pois eu vos digo,
Ação, que eu saiba, de tão grandes Cabos,
Como a vossa não foi, – nem tal façanha
Fizeram nunca, e sei que foram grandes!
Itapeba entre os seus não encontrara,
Que não pagasse com seu sangue o arrojo
De tanto às claras pôr-se-lhes contrário.
Mas quem do humano sangue derramado
Porventura se peja? – em que lugares
A glória da peleja horror infunde?
Ninguém, nenhures, ou somente aonde,
Ou só aquele que já viu tingidas
Cruas vagas de sangue; e os turvos rios
Mortos por tributo ao mar volvendo.
Vi-as eu, inda novo; mas tal vista
Do humano sangue saciou-me a sede.
Ouvi-me, Gurupema, ouvi-me todos:
Da sua tentativa o rei das selvas
Teve por prêmio o lacrimoso evento;
E era chefe brioso e bom soldado!
Só não pôde sofrer que alguém dissesse
Haver outro maior tão perto dele!

A vaidade o cegou! ardida empresa
Cometeu, mas por si: de fora, e longe
Os seus o viram deslindar seu pleito.
Vencido foi... a vossa lei de guerra,
Bárbara, sim, mas lei, – dava ao Timbira
Usar, como ele usou, do seu triunfo.
A que pois fabricar novos combates?
Por que empreendê-los nós, quando mais justos
Os Timbiras talvez mover puderam?
Que vos importa a vós vencer batalhas?
Tendes rios piscosos, fundas matas,
Inúmeros guerreiros, tabas fortes;
Que mais vos é mister? Tupã é grande:
De um lado o mar se estende sem limites,
Pingues florestas d'outro lado correm
Sem limites também. Quantas igaras,
Quantos arcos houvermos, nas florestas,
No mar, nos rios caberão às largas:
Por que então batalhar? porque insensatos,
Buscando o inútil, necessário aos outros,
Sangue e vida arriscar em néscias lutas?
Se o filho de Jaguar trazer-nos manda
Do chefe desditoso o frio corpo,
Aceite-se... se não... voltemos sempre,
Ou com ele, ou sem ele, às nossas tabas,
Às nossas tabas mudas, lacrimosas,
Que hão decerto enlutar nossos guerreiros,
Quer vencedores voltem, quer vencidos".

Do forasteiro, que tão solto fala
E tão livre argumenta, Gurupema
Pesa a prudente voz, e alfim responde:

"Tupã decidirá". – "Oh! não decide,
(Como consigo diz o forasteiro)
Não decide Tupã humanos casos,
Quando imprudente e cego o homem corre
D'encontro ao fado seu; não valem sonhos,
Nem da prudência meditado aviso
Do atalho infausto a desviar-lhe os passos!"

O chefe dos Gamelas não responde;
Vai pensativo demandando a praia,
Onde o Timbira mensageiro o aguarda.

Reina o silêncio, sentam-se na arena
Jurucei, Gurupema e os mais com eles.
Amiga recepção, – ali não viras
Nem pompa oriental, nem galas ricas,
Nem armados salões, nem corte egrégia,
Nem régios paços, nem caçoilas fundas,
Onde a cheirosa goma se derrete.
Era tudo singelo, simples tudo,
Na carência do ornato – o grande, o belo.
Na própria singeleza a majestade.
Era a terra o palácio, as nuvens teto,
Colunatas os troncos gigantescos,
Balcões os montes, pavimento a relva,
Candelabros a lua, o sol e os astros.

Lá estão na branca areia descansados.
Como festiva taça num banquete,
O cachimbo da paz, correndo em roda,
De fumo adelgaçado cobre os ares.
Almejam, sim, ouvir o mensageiro,

E mudos são contudo: não dissera,
Quem quer que os visse ali tão descuidosos,
Que ardor inquieto e fundo os ansiava.

O forte Gurupema alfim começa
Após côngruo silêncio, em voz pausada:
"Saúde ao núncio do Timbira!" disse.
Tornou-lhe Jurucei: "Paz aos Gamelas,
Renome e glória ao chefe seu preclaro!"
– A que vens pois? Nós te escutamos: fala.
"Todos vós, que me ouvis, vistes boiantes,
À mercê da corrente, o arco e as setas
Feitas em pedaços, por mim mesmo inúteis".

"E de t'o ver folguei; mas quero eu mesmo
Ouvir dos lábios teus quanto imagino.
Acata-me Itajuba, e de medroso
Tenta poupar aos seus tristeza e luto?
A flor das tabas suas talvez manda
Trazer-me o corpo e as armas do Gamela,
Vencido, em mal, no desleal combate!
Pois seja, que talvez não queira eu sangue;
E do justo furor quebrando as setas...
Mas dize-o tu primeiro... Nada temas;
É sagrado entre nós guerreiro inerme,
E mais sagrado o mensageiro estranho".

Treme de pasmo e cólera o Timbira,
Ao ouvir tal discurso. – Mais surpreso
Não fica o pescador, que mariscando
Vai na maré vazante, quando avista
Envolto em lodo um tubarão na praia,

Que reputa sem vida; passa rente,
E co'as malhas da rede acaso o açoita
E a desleixo: – feroz o monstro acorda,
E escancarando as fauces mostra nelas
Em sete filas alinhada a morte!
Tal ficou Jurucei, – não de receio,
Mas de surpresa atônito; – o contrário,
Que de o ver merencório não se agasta,
A que proponha o seu encargo o anima.

"Não ignavo temor a voz me embarga;
Emudeço de ver quão mal conheces
Do filho de Jaguar os altos brios!
Esta a mensagem que por mim vos manda:
Três grandes tabas, onde heróis pululam,
Tantos e mais que vós, tanto e mais bravos,
Caídas a seus pés a voz lhe escutam.
Não quer dos vossos derramar mais sangue:
Tigre cevado em carnes palpitantes,
Rejeita a fácil presa; nem o tenta
De perjuros haver troféus sem glória.
Enquanto pois a maça não sopesa,
Enquanto no carcás dormem-lhe as setas
Imóveis – atendei! – cortai no bosque
Troncos robustos e frondosas palmas
E novas tabas construí no campo,
Onde o corpo caiu do rei das selvas,
Onde empastado inda enrubesce a terra
Sangue daquele herói que vos infama!
Aquela briga enfim de dois, tamanhos,
Sinalai; porque estranho caminheiro
Amigas vendo e juntas nossas tabas,

E a fé que usais guardar, sabendo, exclame:
Vejo um povo de heróis, e um grande chefe!"

Enquanto escuta o mensageiro estranho,
Gurupema, talvez sem que o sentisse,
Vai pouco a pouco erguendo o corpo inteiro.
A baça cor do rosto é sempre a mesma,
O mesmo o aspecto, – a válida postura
A quem de longe o vê, somente indica
Vigor descomunal, e a gravidade
Que os próprios Índios por incrível notam.
Era uma estátua, exceto só nos olhos,
Que por entre as em vão caídas pálpebras
Clarão funéreo derramava em torno.

"Quero ver que valor mostras nas armas,
(Diz ao Timbira, que a resposta aguarda)
Tu que arrogante, em frases descorteses,
Guerra declaras, quando paz of'reces.
Quebraste o arco teu quando chegaste,
O meu te of'reço! O quebrador dos arcos
Nos dons por certo liberal se mostra,
Quando o seu arco of'rece: julga e pasma!"

E o arco empunha! outro não foi como ele
Artífice de nome em seus lavores
Mais de um ano gastara em fabricá-lo.
As pontas levemente recurvadas
Cabeças de bicéfala serpente
Figuravam, – iguais no peso e na forma:
Melhor que nenhum outro equilibrado,
Lavrados os desenhos com tal arte,

Que sem tirar-lhe a força, mais flexível,
Mais pesado o tornavam com mais graça.

Do pejado carcás tira uma seta,
Na corda a ajeita, – o arco entesa e curva.
Atira, – soa a corda, a frecha voa
Com silvos de serpente. Sobre a copa
Duma árvore frondosa descansava
Há pouco um senembi[41], – frechado agora
Despenha-se no rio, sopra iroso,
A cortante serrilha embora eriça,
Co'a dura cauda embora açoita as águas:
A corrente o conduz, e em breve trato
O hastil da frecha sobrenada a prumo.

Pudera Jurucei, alçando o braço,
Poupar ação tão baixa àqueles bosques,
Onde os guerreiros de Itajuba imperam.
Imóvel, mudo contemplou no rio
De chofre o senembi cair frechado,
Lutar co'a morte, ensanguentando as águas,
Desaparecer, – a voz por fim levanta.

"Ó rei das selvas, Gurupema, escuta:
Tu, que medroso em face d'Itajuba
Não ousaras tocar o pó que o vento
Nas folhas dos seus bosques deposita;
Senhor das selvas, que de longe o insultas,
Porque me vês aqui sozinho e fraco,
Fraco e sem armas, onde armado imperas;
Senhor das selvas (que antes frecha acesa

41. Camaleão, iguana.

Sobre os tetos houvesses arrojado,
Onde as mulheres tens e os filhos caros)
Nunca miraste um alvo mais funesto
Nem tiro mais fatal vibraste nunca.
Com lágrimas de sangue hás de chorá-lo,
Maldizendo o lugar, o ensejo, o dia,
O braço, a força, o ânimo, o conselho
Do delito infeliz que vai perder-te!
Eu, sozinho entre os teus que me rodeiam,
Sem armas, entre as armas que descubro,
Sem medo, entre os medrosos que me cercam,
Em tanta solidão seguro e ousado,
Rosto a rosto contigo, e no teu campo,
Digo-te, Gurupema, ó rei das selvas,
Que és vil, qu'és fraco!"

Sibilante frecha
Rompe da turbamulta e crava o braço
Do ousado Jurucei, qu'inda falava.

"É seguro entre vós guerreiro inerme,
E mais seguro o mensageiro estranho!"
Disse com riso mofador nos lábios.
"Aceito o arco, ó chefe, e a treda frecha,
Que vos hei de tornar, ultriz da ofensa
Infame, que Aimorés nunca sonharam!
Ide, correi, quem vos impede a marcha?
Vingai esta corrente, não mui longe
Os Timbiras estão! – Voltai da empresa
Com este feito heroico rematado;
Fugi, se vos apraz; fugi, cobardes!
Vida por gota pagareis meu sangue;

Por onde quer que fordes de fugida
Vai o fero Itajuba perseguir-vos
Por água ou terra, ou campos, ou florestas;
Tremei!..."

E como o raio em noite escura
Cegou, desapareceu! De timorato
Procura Gurupema o autor do crime,
E autor não lhe descobre; inquire... embalde!
Ninguém foi, ninguém sabe, e todos viram.

Coleção L&PM POCKET

300.**O vermelho e o negro** – Stendhal
301.**Ecce homo** – Friedrich Nietzsche
302(7).**Comer bem, sem culpa** – Dr. Fernando Lucchese, A. Gourmet e Iotti
303.**O livro de Cesário Verde** – Cesário Verde
305.**100 receitas de macarrão** – S. Lancellotti
306.**160 receitas de molhos** – S. Lancellotti
307.**100 receitas light** – H. e Â. Tonetto
308.**100 receitas de sobremesas** – Celia Ribeiro
309.**Mais de 100 dicas de churrasco** – Leon Diziekaniak
310.**100 receitas de acompanhamentos** – C. Cabeda
311.**Honra ou vendetta** – S. Lancellotti
312.**A alma do homem sob o socialismo** – Oscar Wilde
313.**Tudo sobre Yôga** – Mestre De Rose
314.**Os varões assinalados** – Tabajara Ruas
315.**Édipo em Colono** – Sófocles
316.**Lisístrata** – Aristófanes / trad. Millôr
317.**Sonhos de Bunker Hill** – John Fante
318.**Os deuses de Raquel** – Moacyr Scliar
319.**O colosso de Marússia** – Henry Miller
320.**As eruditas** – Molière / trad. Millôr
321.**Radicci 1** – Iotti
322.**Os Sete contra Tebas** – Ésquilo
323.**Brasil Terra à vista** – Eduardo Bueno
324.**Radicci 2** – Iotti
325.**Júlio César** – William Shakespeare
326.**A carta de Pero Vaz de Caminha**
327.**Cozinha Clássica** – Sílvio Lancellotti
328.**Madame Bovary** – Gustave Flaubert
329.**Dicionário do viajante insólito** – M. Scliar
330.**O capitão saiu para o almoço...** – Bukowski
331.**A carta roubada** – Edgar Allan Poe
332.**É tarde para saber** – Josué Guimarães
333.**O livro de bolso da Astrologia** – Maggy Harrisonx e Mellina Li
334.**1933 foi um ano ruim** – John Fante
335.**100 receitas de arroz** – Aninha Comas
336.**Guia prático do Português correto – vol. 1** – Cláudio Moreno
337.**Bartleby, o escriturário** – H. Melville
338.**Enterrem meu coração na curva do rio** – Dee Brown
339.**Um conto de Natal** – Charles Dickens
340.**Cozinha sem segredos** – J. A. P. Machado
341.**A dama das Camélias** – A. Dumas Filho
342.**Alimentação saudável** – H. e Â. Tonetto
343.**Continhos galantes** – Dalton Trevisan
344.**A Divina Comédia** – Dante Alighieri
345.**A Dupla Sertanojo** – Santiago
346.**Cavalos do amanhecer** – Mario Arregui
347.**Biografia de Vincent van Gogh por sua cunhada** – Jo van Gogh-Bonger
348.**Radicci 3** – Iotti
349.**Nada de novo no front** – E. M. Remarque
350.**A hora dos assassinos** – Henry Miller
351.**Flush – Memórias de um cão** – Virginia Woolf
352.**A guerra no Bom Fim** – M. Scliar
357.**As uvas e o vento** – Pablo Neruda
358.**On the road** – Jack Kerouac
359.**O coração amarelo** – Pablo Neruda
360.**Livro das perguntas** – Pablo Neruda
361.**Noite de Reis** – William Shakespeare
362.**Manual de Ecologia (vol.1)** – J. Lutzenberger
363.**O mais longo dos dias** – Cornelius Ryan
364.**Foi bom prá você?** – Nani
365.**Crepusculário** – Pablo Neruda
366.**A comédia dos erros** – Shakespeare
369.**Mate-me por favor (vol.1)** – L. McNeil
370.**Mate-me por favor (vol.2)** – L. McNeil
371.**Carta ao pai** – Kafka
372.**Os vagabundos iluminados** – J. Kerouac
375.**Vargas, uma biografia política** – H. Silva
376.**Poesia reunida (vol.1)** – A. R. de Sant'Anna
377.**Poesia reunida (vol.2)** – A. R. de Sant'Anna
378.**Alice no país do espelho** – Lewis Carroll
379.**Residência na Terra 1** – Pablo Neruda
380.**Residência na Terra 2** – Pablo Neruda
381.**Terceira Residência** – Pablo Neruda
382.**O delírio amoroso** – Bocage
383.**Futebol ao sol e à sombra** – E. Galeano
386.**Radicci 4** – Iotti
387.**Boas maneiras & sucesso nos negócios** – Celia Ribeiro
388.**Uma história Farroupilha** – M. Scliar
389.**Na mesa ninguém envelhece** – J. A. Pinheiro Machado
390.**200 receitas inéditas do Anonymus Gourmet** – J. A. Pinheiro Machado
391.**Guia prático do Português correto – vol.2** – Cláudio Moreno
392.**Breviário das terras do Brasil** – Assis Brasil
393.**Cantos Cerimoniais** – Pablo Neruda
394.**Jardim de Inverno** – Pablo Neruda
395.**Antonio e Cleópatra** – William Shakespeare
396.**Troia** – Cláudio Moreno
397.**Meu tio matou um cara** – Jorge Furtado
399.**As viagens de Gulliver** – Jonathan Swift
400.**Dom Quixote** – (v. 1) – Miguel de Cervantes
401.**Dom Quixote** – (v. 2) – Miguel de Cervantes
402.**Sozinho no Pólo Norte** – Thomaz Brandolin
404.**Delta de Vênus** – Anaïs Nin
405.**O melhor de Hagar 2** – Dik Browne
406.**É grave Doutor?** – Nani
407.**Orai pornô** – Nani
412.**Três contos** – Gustave Flaubert
413.**De ratos e homens** – John Steinbeck
414.**Lazarilho de Tormes** – Anônimo do séc. XVI
415.**Triângulo das águas** – Caio Fernando Abreu
416.**100 receitas de carnes** – Sílvio Lancellotti
417.**Histórias de robôs:** vol. 1 – org. Isaac Asimov

418.**Histórias de robôs:** vol. 2 – org. Isaac Asimov
419.**Histórias de robôs:** vol. 3 – org. Isaac Asimov
423.**Um amigo de Kafka** – Isaac Singer
424.**As alegres matronas de Windsor** – Shakespeare
425.**Amor e exílio** – Isaac Bashevis Singer
426.**Use & abuse do seu signo** – Marília Fiorillo e Marylou Simonsen
427.**Pigmaleão** – Bernard Shaw
428.**As fenícias** – Eurípides
429.**Everest** – Thomaz Brandolin
430.**A arte de furtar** – Anônimo do séc. XVI
431.**Billy Bud** – Herman Melville
432.**A rosa separada** – Pablo Neruda
433.**Elegia** – Pablo Neruda
434.**A garota de Cassidy** – David Goodis
435.**Como fazer a guerra: máximas de Napoleão** – Balzac
436.**Poemas escolhidos** – Emily Dickinson
437.**Gracias por el fuego** – Mario Benedetti
438.**O sofá** – Crébillon Fils
439.**O "Martín Fierro"** – Jorge Luis Borges
440.**Trabalhos de amor perdidos** – W. Shakespeare
441.**O melhor de Hagar 3** – Dik Browne
442.**Os Maias (volume1)** – Eça de Queiroz
443.**Os Maias (volume2)** – Eça de Queiroz
444.**Anti-Justine** – Restif de La Bretonne
445.**Juventude** – Joseph Conrad
446.**Contos** – Eça de Queiroz
448.**Um amor de Swann** – Proust
449.**À paz perpétua** – Immanuel Kant
450.**A conquista do México** – Hernan Cortez
451.**Defeitos escolhidos e 2000** – Pablo Neruda
452.**O casamento do céu e do inferno** – William Blake
453.**A primeira viagem ao redor do mundo** – Antonio Pigafetta
457.**Sartre** – Annie Cohen-Solal
458.**Discurso do método** – René Descartes
459.**Garfield em grande forma (1)** – Jim Davis
460.**Garfield está de dieta** (2) – Jim Davis
461.**O livro das feras** – Patricia Highsmith
462.**Viajante solitário** – Jack Kerouac
463.**Auto da barca do inferno** – Gil Vicente
464.**O livro vermelho dos pensamentos de Millôr** – Millôr Fernandes
465.**O livro dos abraços** – Eduardo Galeano
466.**Voltaremos!** – José Antonio Pinheiro Machado
467.**Rango** – Edgar Vasques
468(8).**Dieta mediterrânea** – Dr. Fernando Lucchese e José Antonio Pinheiro Machado
469.**Radicci 5** – Iotti
470.**Pequenos pássaros** – Anaïs Nin
471.**Guia prático do Português correto – vol.3** – Cláudio Moreno
472.**Atire no pianista** – David Goodis
473.**Antologia Poética** – García Lorca
474.**Alexandre e César** – Plutarco
475.**Uma espiã na casa do amor** – Anaïs Nin
476.**A gorda do Tiki Bar** – Dalton Trevisan
477.**Garfield um gato de peso (3)** – Jim Davis
478.**Canibais** – David Coimbra
479.**A arte de escrever** – Arthur Schopenhauer
480.**Pinóquio** – Carlo Collodi
481.**Misto-quente** – Bukowski
482.**A lua na sarjeta** – David Goodis
483.**O melhor do Recruta Zero (1)** – Mort Walker
484.**Aline: TPM – tensão pré-monstrual (2)** – Adão Iturrusgarai
485.**Sermões do Padre Antonio Vieira**
486.**Garfield numa boa (4)** – Jim Davis
487.**Mensagem** – Fernando Pessoa
488.**Vendeta** *seguido de* **A paz conjugal** – Balzac
489.**Poemas de Alberto Caeiro** – Fernando Pessoa
490.**Ferragus** – Honoré de Balzac
491.**A duquesa de Langeais** – Honoré de Balzac
492.**A menina dos olhos de ouro** – Honoré de Balzac
493.**O lírio do vale** – Honoré de Balzac
497.**A noite das bruxas** – Agatha Christie
498.**Um passe de mágica** – Agatha Christie
499.**Nêmesis** – Agatha Christie
500.**Esboço para uma teoria das emoções** – Sartre
501.**Renda básica de cidadania** – Eduardo Suplicy
502(1).**Pílulas para viver melhor** – Dr. Lucchese
503(2).**Pílulas para prolongar a juventude** – Dr. Lucchese
504(3).**Desembarcando o diabetes** – Dr. Lucchese
505(4).**Desembarcando o sedentarismo** – Dr. Fernando Lucchese e Cláudio Castro
506(5).**Desembarcando a hipertensão** – Dr. Lucchese
507(6).**Desembarcando o colesterol** – Dr. Fernando Lucchese e Fernanda Lucchese
508.**Estudos de mulher** – Balzac
509.**O terceiro tira** – Flann O'Brien
510.**100 receitas de aves e ovos** – J. A. P. Machado
511.**Garfield em toneladas de diversão** (5) – Jim Davis
512.**Trem-bala** – Martha Medeiros
513.**Os cães ladram** – Truman Capote
514.**O Kama Sutra de Vatsyayana**
515.**O crime do Padre Amaro** – Eça de Queiroz
516.**Odes de Ricardo Reis** – Fernando Pessoa
517.**O inverno da nossa desesperança** – Steinbeck
518.**Piratas do Tietê (1)** – Laerte
519.**Rê Bordosa: do começo ao fim** – Angeli
520.**O Harlem é escuro** – Chester Himes
522.**Eugénie Grandet** – Balzac
523.**O último magnata** – F. Scott Fitzgerald
524.**Carol** – Patricia Highsmith
525.**100 receitas de patisseria** – Sílvio Lancellotti
527.**Tristessa** – Jack Kerouac
528.**O diamante do tamanho do Ritz** – F. Scott Fitzgerald
529.**As melhores histórias de Sherlock Holmes** – Arthur Conan Doyle
530.**Cartas a um jovem poeta** – Rilke
532.**O misterioso sr. Quin** – Agatha Christie
533.**Os analectos** – Confúcio

536.**Ascensão e queda de César Birotteau** – Balzac
537.**Sexta-feira negra** – David Goodis
538.**Ora bolas – O humor de Mario Quintana** – Juarez Fonseca
539.**Longe daqui aqui mesmo** – Antonio Bivar
540.**É fácil matar** – Agatha Christie
541.**O pai Goriot** – Balzac
542.**Brasil, um país do futuro** – Stefan Zweig
543.**O processo** – Kafka
544.**O melhor de Hagar 4** – Dik Browne
545.**Por que não pediram a Evans?** – Agatha Christie
546.**Fanny Hill** – John Cleland
547.**O gato por dentro** – William S. Burroughs
548.**Sobre a brevidade da vida** – Sêneca
549.**Geraldão (1)** – Glauco
550.**Piratas do Tietê (2)** – Laerte
551.**Pagando o pato** – Ciça
552.**Garfield de bom humor (6)** – Jim Davis
553.**Conhece o Mário?** vol.1 – Santiago
554.**Radicci 6** – Iotti
555.**Os subterrâneos** – Jack Kerouac
556(1).**Balzac** – François Taillandier
557(2).**Modigliani** – Christian Parisot
558(3).**Kafka** – Gérard-Georges Lemaire
559(4).**Júlio César** – Joël Schmidt
560.**Receitas da família** – J. A. Pinheiro Machado
561.**Boas maneiras à mesa** – Celia Ribeiro
562(9).**Filhos sadios, pais felizes** – R. Pagnoncelli
563(10).**Fatos & mitos** – Dr. Fernando Lucchese
564.**Ménage à trois** – Paula Taitelbaum
565.**Mulheres!** – David Coimbra
566.**Poemas de Álvaro de Campos** – Fernando Pessoa
567.**Medo e outras histórias** – Stefan Zweig
568.**Snoopy e sua turma (1)** – Schulz
569.**Piadas para sempre (1)** – Visconde da Casa Verde
570.**O alvo móvel** – Ross Macdonald
571.**O melhor do Recruta Zero (2)** – Mort Walker
572.**Um sonho americano** – Norman Mailer
573.**Os broncos também amam** – Angeli
574.**Crônica de um amor louco** – Bukowski
575(5).**Freud** – René Major e Chantal Talagrand
576(6).**Picasso** – Gilles Plazy
577(7).**Gandhi** – Christine Jordis
578.**A tumba** – H. P. Lovecraft
579.**O príncipe e o mendigo** – Mark Twain
580.**Garfield, um charme de gato (7)** – Jim Davis
581.**Ilusões perdidas** – Balzac
582.**Esplendores e misérias das cortesãs** – Balzac
583.**Walter Ego** – Angeli
584.**Striptiras (1)** – Laerte
585.**Fagundes: um puxa-saco de mão cheia** – Laerte
586.**Depois do último trem** – Josué Guimarães
587.**Ricardo III** – Shakespeare
588.**Dona Anja** – Josué Guimarães
589.**24 horas na vida de uma mulher** – Stefan Zweig
591.**Mulher no escuro** – Dashiell Hammett
592.**No que acredito** – Bertrand Russell
593.**Odisseia (1): Telemaquia** – Homero
594.**O cavalo cego** – Josué Guimarães
595.**Henrique V** – Shakespeare
596.**Fabulário geral do delírio cotidiano** – Bukowski
597.**Tiros na noite 1: A mulher do bandido** – Dashiell Hammett
598.**Snoopy em Feliz Dia dos Namorados! (2)** – Schulz
600.**Crime e castigo** – Dostoiévski
601.**Mistério no Caribe** – Agatha Christie
602.**Odisseia (2): Regresso** – Homero
603.**Piadas para sempre (2)** – Visconde da Casa Verde
604.**À sombra do vulcão** – Malcolm Lowry
605(8).**Kerouac** – Yves Buin
606.**E agora são cinzas** – Angeli
607.**As mil e uma noites** – Paulo Caruso
608.**Um assassino entre nós** – Ruth Rendell
609.**Crack-up** – F. Scott Fitzgerald
610.**Do amor** – Stendhal
611.**Cartas do Yage** – William Burroughs e Allen Ginsberg
612.**Striptiras (2)** – Laerte
613.**Henry & June** – Anaïs Nin
614.**A piscina mortal** – Ross Macdonald
615.**Geraldão (2)** – Glauco
616.**Tempo de delicadeza** – A. R. de Sant'Anna
617.**Tiros na noite 2: Medo de tiro** – Dashiell Hammett
618.**Snoopy em Assim é a vida, Charlie Brown! (3)** – Schulz
619.**1954 – Um tiro no coração** – Hélio Silva
620.**Sobre a inspiração poética (Íon)** e ... – Platão
621.**Garfield e seus amigos (8)** – Jim Davis
622.**Odisseia (3): Ítaca** – Homero
623.**A louca matança** – Chester Himes
624.**Factótum** – Bukowski
625.**Guerra e Paz: volume 1** – Tolstói
626.**Guerra e Paz: volume 2** – Tolstói
627.**Guerra e Paz: volume 3** – Tolstói
628.**Guerra e Paz: volume 4** – Tolstói
629(9).**Shakespeare** – Claude Mourthé
630.**Bem está o que bem acaba** – Shakespeare
631.**O contrato social** – Rousseau
632.**Geração Beat** – Jack Kerouac
633.**Snoopy: É Natal! (4)** – Charles Schulz
634.**Testemunha da acusação** – Agatha Christie
635.**Um elefante no caos** – Millôr Fernandes
636.**Guia de leitura (100 autores que você precisa ler)** – Organização de Léa Masina
637.**Pistoleiros também mandam flores** – David Coimbra
638.**O prazer das palavras** – vol. 1 – Cláudio Moreno
639.**O prazer das palavras** – vol. 2 – Cláudio Moreno
640.**Novíssimo testamento: com Deus e o diabo, a dupla da criação** – Iotti
641.**Literatura Brasileira: modos de usar** – Luís Augusto Fischer

642.**Dicionário de Porto-Alegrês** – Luís A. Fischer
643.**Clô Dias & Noites** – Sérgio Jockymann
644.**Memorial de Isla Negra** – Pablo Neruda
645.**Um homem extraordinário e outras histórias** – Tchékhov
646.**Ana sem terra** – Alcy Cheuiche
647.**Adultérios** – Woody Allen
651.**Snoopy: Posso fazer uma pergunta, professora? (5)** – Charles Schulz
652(10).**Luís XVI** – Bernard Vincent
653.**O mercador de Veneza** – Shakespeare
654.**Cancioneiro** – Fernando Pessoa
655.**Non-Stop** – Martha Medeiros
656.**Carpinteiros, levantem bem alto a cumeeira & Seymour, uma apresentação** – J.D.Salinger
657.**Ensaios céticos** – Bertrand Russell
658.**O melhor de Hagar 5** – Dik e Chris Browne
659.**Primeiro amor** – Ivan Turguêniev
660.**A trégua** – Mario Benedetti
661.**Um parque de diversões da cabeça** – Lawrence Ferlinghetti
662.**Aprendendo a viver** – Sêneca
663.**Garfield, um gato em apuros (9)** – Jim Davis
664.**Dilbert (1)** – Scott Adams
666.**A imaginação** – Jean-Paul Sartre
667.**O ladrão e os cães** – Naguib Mahfuz
669.**A volta do parafuso** *seguido de* **Daisy Miller** – Henry James
670.**Notas do subsolo** – Dostoiévski
671.**Abobrinhas da Brasilônia** – Glauco
672.**Geraldão (3)** – Glauco
673.**Piadas para sempre (3)** – Visconde da Casa Verde
674.**Duas viagens ao Brasil** – Hans Staden
676.**A arte da guerra** – Maquiavel
677.**Além do bem e do mal** – Nietzsche
678.**O coronel Chabert** *seguido de* **A mulher abandonada** – Balzac
679.**O sorriso de marfim** – Ross Macdonald
680.**100 receitas de pescados** – Sílvio Lancellotti
681.**O juiz e seu carrasco** – Friedrich Dürrenmatt
682.**Noites brancas** – Dostoiévski
683.**Quadras ao gosto popular** – Fernando Pessoa
685.**Kaos** – Millôr Fernandes
686.**A pele de onagro** – Balzac
687.**As ligações perigosas** – Choderlos de Laclos
689.**Os Lusíadas** – Luís Vaz de Camões
690(11).**Átila** – Éric Deschodt
691.**Um jeito tranquilo de matar** – Chester Himes
692.**A felicidade conjugal** *seguido de* **O diabo** – Tolstói
693.**Viagem de um naturalista ao redor do mundo** – vol. 1 – Charles Darwin
694.**Viagem de um naturalista ao redor do mundo** – vol. 2 – Charles Darwin
695.**Memórias da casa dos mortos** – Dostoiévski
696.**A Celestina** – Fernando de Rojas
697.**Snoopy: Como você é azarado, Charlie Brown! (6)** – Charles Schulz
698.**Dez (quase) amores** – Claudia Tajes
699.**Poirot sempre espera** – Agatha Christie
701.**Apologia de Sócrates** *precedido de* **Êutifron** e *seguido de* **Críton** – Platão
702.**Wood & Stock** – Angeli
703.**Striptiras (3)** – Laerte
704.**Discurso sobre a origem e os fundamentos da desigualdade entre os homens** – Rousseau
705.**Os duelistas** – Joseph Conrad
706.**Dilbert (2)** – Scott Adams
707.**Viver e escrever** (vol. 1) – Edla van Steen
708.**Viver e escrever** (vol. 2) – Edla van Steen
709.**Viver e escrever** (vol. 3) – Edla van Steen
710.**A teia da aranha** – Agatha Christie
711.**O banquete** – Platão
712.**Os belos e malditos** – F. Scott Fitzgerald
713.**Libelo contra a arte moderna** – Salvador Dalí
714.**Akropolis** – Valerio Massimo Manfredi
715.**Devoradores de mortos** – Michael Crichton
716.**Sob o sol da Toscana** – Frances Mayes
717.**Batom na cueca** – Nani
718.**Vida dura** – Claudia Tajes
719.**Carne trêmula** – Ruth Rendell
720.**Cris, a fera** – David Coimbra
721.**O anticristo** – Nietzsche
722.**Como um romance** – Daniel Pennac
723.**Emboscada no Forte Bragg** – Tom Wolfe
724.**Assédio sexual** – Michael Crichton
725.**O espírito do Zen** – Alan W.Watts
726.**Um bonde chamado desejo** – Tennessee Williams
727.**Como gostais** *seguido de* **Conto de inverno** – Shakespeare
728.**Tratado sobre a tolerância** – Voltaire
729.**Snoopy: Doces ou travessuras? (7)** – Charles Schulz
730.**Cardápios do Anonymus Gourmet** – J.A. Pinheiro Machado
731.**100 receitas com lata** – J.A. Pinheiro Machado
732.**Conhece o Mário?** vol.2 – Santiago
733.**Dilbert (3)** – Scott Adams
734.**História de um louco amor** *seguido de* **Passado amor** – Horacio Quiroga
735(11).**Sexo: muito prazer** – Laura Meyer da Silva
736(12).**Para entender o adolescente** – Dr. Ronald Pagnoncelli
737(13).**Desembarcando a tristeza** – Dr. Fernando Lucchese
738.**Poirot e o mistério da arca espanhola & outras histórias** – Agatha Christie
739.**A última legião** – Valerio Massimo Manfredi
741.**Sol nascente** – Michael Crichton
742.**Duzentos ladrões** – Dalton Trevisan
743.**Os devaneios do caminhante solitário** – Rousseau
744.**Garfield, o rei da preguiça (10)** – Jim Davis
745.**Os magnatas** – Charles R. Morris
746.**Pulp** – Charles Bukowski
747.**Enquanto agonizo** – William Faulkner
748.**Aline: viciada em sexo (3)** – Adão Iturrusgarai

749.**A dama do cachorrinho** – Anton Tchékhov
750.**Tito Andrônico** – Shakespeare
751.**Antologia poética** – Anna Akhmátova
752.**O melhor de Hagar 6** – Dik e Chris Browne
753(12).**Michelangelo** – Nadine Sautel
754.**Dilbert (4)** – Scott Adams
755.**O jardim das cerejeiras** *seguido de* **Tio Vânia** – Tchékhov
756.**Geração Beat** – Claudio Willer
757.**Santos Dumont** – Alcy Cheuiche
758.**Budismo** – Claude B. Levenson
759.**Cleópatra** – Christian-Georges Schwentzel
760.**Revolução Francesa** – Frédéric Bluche, Stéphane Rials e Jean Tulard
761.**A crise de 1929** – Bernard Gazier
762.**Sigmund Freud** – Edson Sousa e Paulo Endo
763.**Império Romano** – Patrick Le Roux
764.**Cruzadas** – Cécile Morrisson
765.**O mistério do Trem Azul** – Agatha Christie
768.**Senso comum** – Thomas Paine
769.**O parque dos dinossauros** – Michael Crichton
770.**Trilogia da paixão** – Goethe
773.**Snoopy: No mundo da lua! (8)** – Charles Schulz
774.**Os Quatro Grandes** – Agatha Christie
775.**Um brinde de cianureto** – Agatha Christie
776.**Súplicas atendidas** – Truman Capote
779.**A viúva imortal** – Millôr Fernandes
780.**Cabala** – Roland Goetschel
781.**Capitalismo** – Claude Jessua
782.**Mitologia grega** – Pierre Grimal
783.**Economia: 100 palavras-chave** – Jean-Paul Betbèze
784.**Marxismo** – Henri Lefebvre
785.**Punição para a inocência** – Agatha Christie
786.**A extravagância do morto** – Agatha Christie
787(13).**Cézanne** – Bernard Fauconnier
788.**A identidade Bourne** – Robert Ludlum
789.**Da tranquilidade da alma** – Sêneca
790.**Um artista da fome** *seguido de* **Na colônia penal e outras histórias** – Kafka
791.**Histórias de fantasmas** – Charles Dickens
796.**O Uraguai** – Basílio da Gama
797.**A mão misteriosa** – Agatha Christie
798.**Testemunha ocular do crime** – Agatha Christie
799.**Crepúsculo dos ídolos** – Friedrich Nietzsche
802.**O grande golpe** – Dashiell Hammett
803.**Humor barra pesada** – Nani
804.**Vinho** – Jean-François Gautier
805.**Egito Antigo** – Sophie Desplancques
806(14).**Baudelaire** – Jean-Baptiste Baronian
807.**Caminho da sabedoria, caminho da paz** – Dalai Lama e Felizitas von Schönborn
808.**Senhor e servo e outras histórias** – Tolstói
809.**Os cadernos de Malte Laurids Brigge** – Rilke
810.**Dilbert (5)** – Scott Adams
811.**Big Sur** – Jack Kerouac
812.**Seguindo a correnteza** – Agatha Christie
813.**O álibi** – Sandra Brown
814.**Montanha-russa** – Martha Medeiros
815.**Coisas da vida** – Martha Medeiros
816.**A cantada infalível** *seguido de* **A mulher do centroavante** – David Coimbra
819.**Snoopy: Pausa para a soneca (9)** – Charles Schulz
820.**De pernas pro ar** – Eduardo Galeano
821.**Tragédias gregas** – Pascal Thiercy
822.**Existencialismo** – Jacques Colette
823.**Nietzsche** – Jean Granier
824.**Amar ou depender?** – Walter Riso
825.**Darmapada: A doutrina budista em versos**
826.**J'Accuse...! – a verdade em marcha** – Zola
827.**Os crimes ABC** – Agatha Christie
828.**Um gato entre os pombos** – Agatha Christie
831.**Dicionário de teatro** – Luiz Paulo Vasconcellos
832.**Cartas extraviadas** – Martha Medeiros
833.**A longa viagem de prazer** – J. J. Morosoli
834.**Receitas fáceis** – J. A. Pinheiro Machado
835.(14).**Mais fatos & mitos** – Dr. Fernando Lucchese
836.(15).**Boa viagem!** – Dr. Fernando Lucchese
837.**Aline: Finalmente nua!!!** (4) – Adão Iturrusgarai
838.**Mônica tem uma novidade!** – Mauricio de Sousa
839.**Cebolinha em apuros!** – Mauricio de Sousa
840.**Sócios no crime** – Agatha Christie
841.**Bocas do tempo** – Eduardo Galeano
842.**Orgulho e preconceito** – Jane Austen
843.**Impressionismo** – Dominique Lobstein
844.**Escrita chinesa** – Viviane Alleton
845.**Paris: uma história** – Yvan Combeau
846(15).**Van Gogh** – David Haziot
848.**Portal do destino** – Agatha Christie
849.**O futuro de uma ilusão** – Freud
850.**O mal-estar na cultura** – Freud
853.**Um crime adormecido** – Agatha Christie
854.**Satori em Paris** – Jack Kerouac
855.**Medo e delírio em Las Vegas** – Hunter Thompson
856.**Um negócio fracassado e outros contos de humor** – Tchékhov
857.**Mônica está de férias!** – Mauricio de Sousa
858.**De quem é esse coelho?** – Mauricio de Sousa
860.**O mistério Sittaford** – Agatha Christie
861.**Manhã transfigurada** – L. A. de Assis Brasil
862.**Alexandre, o Grande** – Pierre Briant
863.**Jesus** – Charles Perrot
864.**Islã** – Paul Balta
865.**Guerra da Secessão** – Farid Ameur
866.**Um rio que vem da Grécia** – Cláudio Moreno
868.**Assassinato na casa do pastor** – Agatha Christie
869.**Manual do líder** – Napoleão Bonaparte
870(16).**Billie Holiday** – Sylvia Fol
871.**Bidu arrasando!** – Mauricio de Sousa
872.**Os Sousa: Desventuras em família** – Mauricio de Sousa
874.**E no final a morte** – Agatha Christie
875.**Guia prático do Português correto – vol. 4** – Cláudio Moreno
876.**Dilbert (6)** – Scott Adams
877(17).**Leonardo da Vinci** – Sophie Chauveau
878.**Bella Toscana** – Frances Mayes

879.**A arte da ficção** – David Lodge
880.**Striptiras (4)** – Laerte
881.**Skrotinhos** – Angeli
882.**Depois do funeral** – Agatha Christie
883.**Radicci 7** – Iotti
884.**Walden** – H. D. Thoreau
885.**Lincoln** – Allen C. Guelzo
886.**Primeira Guerra Mundial** – Michael Howard
887.**A linha de sombra** – Joseph Conrad
888.**O amor é um cão dos diabos** – Bukowski
890.**Despertar: uma vida de Buda** – Jack Kerouac
891(18).**Albert Einstein** – Laurent Seksik
892.**Hell's Angels** – Hunter Thompson
893.**Ausência na primavera** – Agatha Christie
894.**Dilbert (7)** – Scott Adams
895.**Ao sul de lugar nenhum** – Bukowski
896.**Maquiavel** – Quentin Skinner
897.**Sócrates** – C.C.W. Taylor
899.**O Natal de Poirot** – Agatha Christie
900.**As veias abertas da América Latina** – Eduardo Galeano
901.**Snoopy: Sempre alerta! (10)** – Charles Schulz
902.**Chico Bento: Plantando confusão** – Mauricio de Sousa
903.**Penadinho: Quem é morto sempre aparece** – Mauricio de Sousa
904.**A vida sexual da mulher feia** – Claudia Tajes
905.**100 segredos de liquidificador** – José Antonio Pinheiro Machado
906.**Sexo muito prazer 2** – Laura Meyer da Silva
907.**Os nascimentos** – Eduardo Galeano
908.**As caras e as máscaras** – Eduardo Galeano
909.**O século do vento** – Eduardo Galeano
910.**Poirot perde uma cliente** – Agatha Christie
911.**Cérebro** – Michael O'Shea
912.**O escaravelho de ouro e outras histórias** – Edgar Allan Poe
913.**Piadas para sempre (4)** – Visconde da Casa Verde
914.**100 receitas de massas light** – Helena Tonetto
915(19).**Oscar Wilde** – Daniel Salvatore Schiffer
916.**Uma breve história do mundo** – H. G. Wells
917.**A Casa do Penhasco** – Agatha Christie
919.**John M. Keynes** – Bernard Gazier
920(20).**Virginia Woolf** – Alexandra Lemasson
921.**Peter e Wendy** *seguido de* **Peter Pan em Kensington Gardens** – J. M. Barrie
922.**Aline: numas de colegial (5)** – Adão Iturrusgarai
923.**Uma dose mortal** – Agatha Christie
924.**Os trabalhos de Hércules** – Agatha Christie
926.**Kant** – Roger Scruton
927.**A inocência do Padre Brown** – G.K. Chesterton
928.**Casa Velha** – Machado de Assis
929.**Marcas de nascença** – Nancy Huston
930.**Aulete de bolso**
931.**Hora Zero** – Agatha Christie
932.**Morte na Mesopotâmia** – Agatha Christie
934.**Nem te conto, João** – Dalton Trevisan
935.**As aventuras de Huckleberry Finn** – Mark Twain
936(21).**Marilyn Monroe** – Anne Plantagenet
937.**China moderna** – Rana Mitter
938.**Dinossauros** – David Norman
939.**Louca por homem** – Claudia Tajes
940.**Amores de alto risco** – Walter Riso
941.**Jogo de damas** – David Coimbra
942.**Filha é filha** – Agatha Christie
943.**M ou N?** – Agatha Christie
945.**Bidu: diversão em dobro!** – Mauricio de Sousa
946.**Fogo** – Anaïs Nin
947.**Rum: diário de um jornalista bêbado** – Hunter Thompson
948.**Persuasão** – Jane Austen
949.**Lágrimas na chuva** – Sergio Faraco
950.**Mulheres** – Bukowski
951.**Um pressentimento funesto** – Agatha Christie
952.**Cartas na mesa** – Agatha Christie
954.**O lobo do mar** – Jack London
955.**Os gatos** – Patricia Highsmith
956(22).**Jesus** – Christiane Rancé
957.**História da medicina** – William Bynum
958.**O Morro dos Ventos Uivantes** – Emily Brontë
959.**A filosofia na era trágica dos gregos** – Nietzsche
960.**Os treze problemas** – Agatha Christie
961.**A massagista japonesa** – Moacyr Scliar
963.**Humor do miserê** – Nani
964.**Todo o mundo tem dúvida, inclusive você** – Édison de Oliveira
965.**A dama do Bar Nevada** – Sergio Faraco
969.**O psicopata americano** – Bret Easton Ellis
970.**Ensaios de amor** – Alain de Botton
971.**O grande Gatsby** – F. Scott Fitzgerald
972.**Por que não sou cristão** – Bertrand Russell
973.**A Casa Torta** – Agatha Christie
974.**Encontro com a morte** – Agatha Christie
975(23).**Rimbaud** – Jean-Baptiste Baronian
976.**Cartas na rua** – Bukowski
977.**Memória** – Jonathan K. Foster
978.**A abadia de Northanger** – Jane Austen
979.**As pernas de Úrsula** – Claudia Tajes
980.**Retrato inacabado** – Agatha Christie
981.**Solanin (1)** – Inio Asano
982.**Solanin (2)** – Inio Asano
983.**Aventuras de menino** – Mitsuru Adachi
984(16).**Fatos & mitos sobre sua alimentação** – Dr. Fernando Lucchese
985.**Teoria quântica** – John Polkinghorne
986.**O eterno marido** – Fiódor Dostoiévski
987.**Um safado em Dublin** – J. P. Donleavy
988.**Mirinha** – Dalton Trevisan
989.**Akhenaton e Nefertiti** – Carmen Seganfredo e A. S. Franchini
990.**On the Road – o manuscrito original** – Jack Kerouac
991.**Relatividade** – Russell Stannard
992.**Abaixo de zero** – Bret Easton Ellis
993(24).**Andy Warhol** – Mériam Korichi
995.**Os últimos casos de Miss Marple** – Agatha Christie

996.**Nico Demo: Aí vem encrenca** – Mauricio de Sousa
998.**Rousseau** – Robert Wokler
999.**Noite sem fim** – Agatha Christie
1000.**Diários de Andy Warhol (1)** – Editado por Pat Hackett
1001.**Diários de Andy Warhol (2)** – Editado por Pat Hackett
1002.**Cartier-Bresson: o olhar do século** – Pierre Assouline
1003.**As melhores histórias da mitologia: vol. 1** – A.S. Franchini e Carmen Seganfredo
1004.**As melhores histórias da mitologia: vol. 2** – A.S. Franchini e Carmen Seganfredo
1005.**Assassinato no beco** – Agatha Christie
1006.**Convite para um homicídio** – Agatha Christie
1008.**História da vida** – Michael J. Benton
1009.**Jung** – Anthony Stevens
1010.**Arsène Lupin, ladrão de casaca** – Maurice Leblanc
1011.**Dublinenses** – James Joyce
1012.**120 tirinhas da Turma da Mônica** – Mauricio de Sousa
1013.**Antologia poética** – Fernando Pessoa
1014.**A aventura de um cliente ilustre** *seguido de* **O último adeus de Sherlock Holmes** – Sir Arthur Conan Doyle
1015.**Cenas de Nova York** – Jack Kerouac
1016.**A corista** – Anton Tchékhov
1017.**O diabo** – Leon Tolstói
1018.**Fábulas chinesas** – Sérgio Capparelli e Márcia Schmaltz
1019.**O gato do Brasil** – Sir Arthur Conan Doyle
1020.**Missa do Galo** – Machado de Assis
1021.**O mistério de Marie Rogêt** – Edgar Allan Poe
1022.**A mulher mais linda da cidade** – Bukowski
1023.**O retrato** – Nicolai Gogol
1024.**O conflito** – Agatha Christie
1025.**Os primeiros casos de Poirot** – Agatha Christie
1027(25).**Beethoven** – Bernard Fauconnier
1028.**Platão** – Julia Annas
1029.**Cleo e Daniel** – Roberto Freire
1030.**Til** – José de Alencar
1031.**Viagens na minha terra** – Almeida Garrett
1032.**Profissões para mulheres e outros artigos feministas** – Virginia Woolf
1033.**Mrs. Dalloway** – Virginia Woolf
1034.**O cão da morte** – Agatha Christie
1035.**Tragédia em três atos** – Agatha Christie
1037.**O fantasma da Ópera** – Gaston Leroux
1038.**Evolução** – Brian e Deborah Charlesworth
1039.**Medida por medida** – Shakespeare
1040.**Razão e sentimento** – Jane Austen
1041.**A obra-prima ignorada** *seguido de* **Um episódio durante o Terror** – Balzac
1042.**A fugitiva** – Anaïs Nin
1043.**As grandes histórias da mitologia greco--romana** – A. S. Franchini
1044.**O corno de si mesmo & outras historietas** – Marquês de Sade
1045.**Da felicidade** *seguido de* **Da vida retirad** – Sêneca
1046.**O horror em Red Hook e outras históri** – H. P. Lovecraft
1047.**Noite em claro** – Martha Medeiros
1048.**Poemas clássicos chineses** – Li Bai, Du F e Wang Wei
1049.**A terceira moça** – Agatha Christie
1050.**Um destino ignorado** – Agatha Christie
1051(26).**Buda** – Sophie Royer
1052.**Guerra Fria** – Robert J. McMahon
1053.**Simons's Cat: as aventuras de um gato tra vesso e comilão – vol. 1** – Simon Tofield
1054.**Simons's Cat: as aventuras de um gato tra vesso e comilão – vol. 2** – Simon Tofield
1055.**Só as mulheres e as baratas sobreviverã** – Claudia Tajes
1057.**Pré-história** – Chris Gosden
1058.**Pintou sujeira!** – Mauricio de Sousa
1059.**Contos de Mamãe Gansa** – Charles Perraul
1060.**A interpretação dos sonhos: vol. 1** – Freud
1061.**A interpretação dos sonhos: vol. 2** – Freud
1062.**Frufru Rataplã Dolores** – Dalton Trevisan
1063.**As melhores histórias da mitologia egípcia** Carmem Seganfredo e A.S. Franchini
1064.**Infância. Adolescência. Juventude** – Tolstó
1065.**As consolações da filosofia** – Alain de Botto
1066.**Diários de Jack Kerouac – 1947-1954**
1067.**Revolução Francesa – vol. 1** – Max Gallo
1068.**Revolução Francesa – vol. 2** – Max Gallo
1069.**O detetive Parker Pyne** – Agatha Christie
1070.**Memórias do esquecimento** – Flávio Tavare
1071.**Drogas** – Leslie Iversen
1072.**Manual de ecologia (vol.2)** – J. Lutzenberge
1073.**Como andar no labirinto** – Affonso Roman de Sant'Anna
1074.**A orquídea e o serial killer** – Juremi Machado da Silva
1075.**Amor nos tempos de fúria** – Lawrenc Ferlinghetti
1076.**A aventura do pudim de Natal** – Agatha Christi
1078.**Amores que matam** – Patricia Faur
1079.**Histórias de pescador** – Mauricio de Sousa
1080.**Pedaços de um caderno manchado de vinh** – Bukowski
1081.**A ferro e fogo: tempo de solidão (vol.1)** - Josué Guimarães
1082.**A ferro e fogo: tempo de guerra (vol.2)** - Josué Guimarães
1084(17).**Desembarcando o Alzheimer** – Dr. Fernando Lucchese e Dra. Ana Hartmann
1085.**A maldição do espelho** – Agatha Christie
1086.**Uma breve história da filosofia** – Nige Warburton
1088.**Heróis da História** – Will Durant
1089.**Concerto campestre** – L. A. de Assis Brasil
1090.**Morte nas nuvens** – Agatha Christie
1092.**Aventura em Bagdá** – Agatha Christie
1093.**O cavalo amarelo** – Agatha Christie

094.**O método de interpretação dos sonhos** – Freud
095.**Sonetos de amor e desamor** – Vários
096.**120 tirinhas do Dilbert** – Scott Adams
097.**200 fábulas de Esopo**
098.**O curioso caso de Benjamin Button** – F. Scott Fitzgerald
099.**Piadas para sempre: uma antologia para morrer de rir** – Visconde da Casa Verde
100.**Hamlet (Mangá)** – Shakespeare
101.**A arte da guerra (Mangá)** – Sun Tzu
104.**As melhores histórias da Bíblia (vol.1)** – A. S. Franchini e Carmen Seganfredo
105.**As melhores histórias da Bíblia (vol.2)** – A. S. Franchini e Carmen Seganfredo
106.**Psicologia das massas e análise do eu** – Freud
107.**Guerra Civil Espanhola** – Helen Graham
108.**A autoestrada do sul e outras histórias** – Julio Cortázar
109.**O mistério dos sete relógios** – Agatha Christie
110.**Peanuts: Ninguém gosta de mim... (amor)** – Charles Schulz
111.**Cadê o bolo?** – Mauricio de Sousa
112.**O filósofo ignorante** – Voltaire
113.**Totem e tabu** – Freud
114.**Filosofia pré-socrática** – Catherine Osborne
115.**Desejo de status** – Alain de Botton
118.**Passageiro para Frankfurt** – Agatha Christie
120.**Kill All Enemies** – Melvin Burgess
121.**A morte da sra. McGinty** – Agatha Christie
122.**Revolução Russa** – S. A. Smith
123.**Até você, Capitu?** – Dalton Trevisan
124.**O grande Gatsby (Mangá)** – F. S. Fitzgerald
125.**Assim falou Zaratustra (Mangá)** – Nietzsche
126. **Peanuts: É para isso que servem os amigos (amizade)** – Charles Schulz
127(27).**Nietzsche** – Dorian Astor
128.**Bidu: Hora do banho** – Mauricio de Sousa
129.**O melhor do Macanudo Taurino** – Santiago
130.**Radicci 30 anos** – Iotti
131.**Show de sabores** – J.A. Pinheiro Machado
132.**O prazer das palavras** – vol. 3 – Cláudio Moreno
133.**Morte na praia** – Agatha Christie
134.**O fardo** – Agatha Christie
135.**Manifesto do Partido Comunista (Mangá)** – Marx & Engels
136.**A metamorfose (Mangá)** – Franz Kafka
137.**Por que você não se casou... ainda** – Tracy McMillan
138.**Textos autobiográficos** – Bukowski
139.**A importância de ser prudente** – Oscar Wilde
140.**Sobre a vontade na natureza** – Arthur Schopenhauer
141.**Dilbert (8)** – Scott Adams
142.**Entre dois amores** – Agatha Christie
143.**Cipreste triste** – Agatha Christie
144.**Alguém viu uma assombração?** – Mauricio de Sousa
145.**Mandela** – Elleke Boehmer
146.**Retrato do artista quando jovem** – James Joyce
1147.**Zadig ou o destino** – Voltaire
1148.**O contrato social (Mangá)** – J.-J. Rousseau
1149.**Garfield fenomenal** – Jim Davis
1150.**A queda da América** – Allen Ginsberg
1151.**Música na noite & outros ensaios** – Aldous Huxley
1152.**Poesias inéditas & Poemas dramáticos** – Fernando Pessoa
1153.**Peanuts: Felicidade é...** – Charles M. Schulz
1154.**Mate-me por favor** – Legs McNeil e Gillian McCain
1155.**Assassinato no Expresso Oriente** – Agatha Christie
1156.**Um punhado de centeio** – Agatha Christie
1157.**A interpretação dos sonhos (Mangá)** – Freud
1158.**Peanuts: Você não entende o sentido da vida** – Charles M. Schulz
1159.**A dinastia Rothschild** – Herbert R. Lottman
1160.**A Mansão Hollow** – Agatha Christie
1161.**Nas montanhas da loucura** – H.P. Lovecraft
1162(28).**Napoleão Bonaparte** – Pascale Fautrier
1163.**Um corpo na biblioteca** – Agatha Christie
1164.**Inovação** – Mark Dodgson e David Gann
1165.**O que toda mulher deve saber sobre os homens: a afetividade masculina** – Walter Riso
1166.**O amor está no ar** – Mauricio de Sousa
1167.**Testemunha de acusação & outras histórias** – Agatha Christie
1168.**Etiqueta de bolso** – Celia Ribeiro
1169.**Poesia reunida (volume 3)** – Affonso Romano de Sant'Anna
1170.**Emma** – Jane Austen
1171.**Que seja em segredo** – Ana Miranda
1172.**Garfield sem apetite** – Jim Davis
1173.**Garfield: Foi mal...** – Jim Davis
1174.**Os irmãos Karamázov (Mangá)** – Dostoiévski
1175.**O Pequeno Príncipe** – Antoine de Saint-Exupéry
1176.**Peanuts: Ninguém mais tem o espírito aventureiro** – Charles M. Schulz
1177.**Assim falou Zaratustra** – Nietzsche
1178.**Morte no Nilo** – Agatha Christie
1179.**Ê, soneca boa** – Mauricio de Sousa
1180.**Garfield a todo o vapor** – Jim Davis
1181.**Em busca do tempo perdido (Mangá)** – Proust
1182.**Cai o pano: o último caso de Poirot** – Agatha Christie
1183.**Livro para colorir e relaxar** – Livro 1
1184.**Para colorir sem parar**
1185.**Os elefantes não esquecem** – Agatha Christie
1186.**Teoria da relatividade** – Albert Einstein
1187.**Compêndio da psicanálise** – Freud
1188.**Visões de Gerard** – Jack Kerouac
1189.**Fim de verão** – Mohiro Kitoh
1190.**Procurando diversão** – Mauricio de Sousa
1191.**E não sobrou nenhum e outras peças** – Agatha Christie
1192.**Ansiedade** – Daniel Freeman & Jason Freeman
1193.**Garfield: pausa para o almoço** – Jim Davis

1194.**Contos do dia e da noite** – Guy de Maupassant
1195.**O melhor de Hagar 7** – Dik Browne
1196(29).**Lou Andreas-Salomé** – Dorian Astor
1197(30).**Pasolini** – René de Ceccatty
1198.**O caso do Hotel Bertram** – Agatha Christie
1199.**Crônicas de motel** – Sam Shepard
1200.**Pequena filosofia da paz interior** – Catherine Rambert
1201.**Os sertões** – Euclides da Cunha
1202.**Treze à mesa** – Agatha Christie
1203.**Bíblia** – John Riches
1204.**Anjos** – David Albert Jones
1205.**As tirinhas do Guri de Uruguaiana 1** – Jair Kobe
1206.**Entre aspas (vol.1)** – Fernando Eichenberg
1207.**Escrita** – Andrew Robinson
1208.**O spleen de Paris: pequenos poemas em prosa** – Charles Baudelaire
1209.**Satíricon** – Petrônio
1210.**O avarento** – Molière
1211.**Queimando na água, afogando-se na chama** – Bukowski
1212.**Miscelânea septuagenária: contos e poemas** – Bukowski
1213.**Que filosofar é aprender a morrer e outros ensaios** – Montaigne
1214.**Da amizade e outros ensaios** – Montaigne
1215.**O medo à espreita e outras histórias** – H.P. Lovecraft
1216.**A obra de arte na era de sua reprodutibilidade técnica** – Walter Benjamin
1217.**Sobre a liberdade** – John Stuart Mill
1218.**O segredo de Chimneys** – Agatha Christie
1219.**Morte na rua Hickory** – Agatha Christie
1220.**Ulisses (Mangá)** – James Joyce
1221.**Ateísmo** – Julian Baggini
1222.**Os melhores contos de Katherine Mansfield** – Katherine Mansfield
1223(31).**Martin Luther King** – Alain Foix
1224.**Millôr Definitivo: uma antologia de *A Bíblia do Caos*** – Millôr Fernandes
1225.**O Clube das Terças-Feiras e outras histórias** – Agatha Christie
1226.**Por que sou tão sábio** – Nietzsche
1227.**Sobre a mentira** – Platão
1228.**Sobre a leitura** ***seguido do*** **Depoimento de Céleste Albaret** – Proust
1229.**O homem do terno marrom** – Agatha Christie
1230(32).**Jimi Hendrix** – Franck Médioni
1231.**Amor e amizade e outras histórias** – Jane Austen
1232.**Lady Susan, Os Watson e Sanditon** – Jane Austen
1233.**Uma breve história da ciência** – William Bynum
1234.**Macunaíma: o herói sem nenhum caráter** – Mário de Andrade
1235.**A máquina do tempo** – H.G. Wells
1236.**O homem invisível** – H.G. Wells
1237.**Os 36 estratagemas: manual secreto da arte da guerra** – Anônimo
1238.**A mina de ouro e outras histórias** – Agatha Christie
1239.**Pic** – Jack Kerouac
1240.**O habitante da escuridão e outros contos** – H.P. Lovecraft
1241.**O chamado de Cthulhu e outros contos** – H.P. Lovecraft
1242.**O melhor de Meu reino por um cavalo!** – Edição de Ivan Pinheiro Machado
1243.**A guerra dos mundos** – H.G. Wells
1244.**O caso da criada perfeita e outras histórias** – Agatha Christie
1245.**Morte por afogamento e outras histórias** – Agatha Christie
1246.**Assassinato no Comitê Central** – Manuel Vázquez Montalbán
1247.**O papai é pop** – Marcos Piangers
1248.**O papai é pop 2** – Marcos Piangers
1249.**A mamãe é rock** – Ana Cardoso
1250.**Paris boêmia** – Dan Franck
1251.**Paris libertária** – Dan Franck
1252.**Paris ocupada** – Dan Franck
1253.**Uma anedota infame** – Dostoiévski
1254.**O último dia de um condenado** – Victor Hugo
1255.**Nem só de caviar vive o homem** – J.M. Simmel
1256.**Amanhã é outro dia** – J.M. Simmel
1257.**Mulherzinhas** – Louisa May Alcott
1258.**Reforma Protestante** – Peter Marshall
1259.**História econômica global** – Robert C. Allen
1260(33).**Che Guevara** – Alain Foix
1261.**Câncer** – Nicholas James
1262.**Akhenaton** – Agatha Christie
1263.**Aforismos para a sabedoria de vida** – Arthur Schopenhauer
1264.**Uma história do mundo** – David Coimbra
1265.**Ame e não sofra** – Walter Riso
1266.**Desapegue-se!** – Walter Riso
1267.**Os Sousa: Uma famíla do barulho** – Mauricio de Sousa
1268.**Nico Demo: O rei da travessura** – Mauricio de Sousa
1269.**Testemunha de acusação e outras peças** – Agatha Christie
1270(34).**Dostoiévski** – Virgil Tanase
1271.**O melhor de Hagar 8** – Dik Browne
1272.**O melhor de Hagar 9** – Dik Browne
1273.**O melhor de Hagar 10** – Dik e Chris Browne
1274.**Considerações sobre o governo representativo** – John Stuart Mill
1275.**O homem Moisés e a religião monoteísta** – Freud
1276.**Inibição, sintoma e medo** – Freud
1277.**Além do princípio de prazer** – Freud

1278.**O direito de dizer não!** – Walter Riso
1279.**A arte de ser flexível** – Walter Riso
1280.**Casados e descasados** – August Strindberg
1281.**Da Terra à Lua** – Júlio Verne
1282.**Minhas galerias e meus pintores** – Kahnweiler
1283.**A arte do romance** – Virginia Woolf
1284.**Teatro completo v. 1: As aves da noite *seguido de* O visitante** – Hilda Hilst
1285.**Teatro completo v. 2: O verdugo *seguido de* A morte do patriarca** – Hilda Hilst
1286.**Teatro completo v. 3: O rato no muro *seguido de* Auto da barca de Camiri** – Hilda Hilst
1287.**Teatro completo v. 4: A empresa *seguido de* O novo sistema** – Hilda Hilst
1289.**Fora de mim** – Martha Medeiros
1290.**Divã** – Martha Medeiros
1291.**Sobre a genealogia da moral: um escrito polêmico** – Nietzsche
1292.**A consciência de Zeno** – Italo Svevo
1293.**Células-tronco** – Jonathan Slack
1294.**O fim do ciúme e outros contos** – Proust
1295.**A jangada** – Júlio Verne
1296.**A ilha do dr. Moreau** – H.G. Wells
1297.**Ninho de fidalgos** – Ivan Turguêniev
1298.**Jane Eyre** – Charlotte Brontë
1299.**Sobre gatos** – Bukowski
1300.**Sobre o amor** – Bukowski
1301.**Escrever para não enlouquecer** – Bukowski
1302.**222 receitas** – J. A. Pinheiro Machado
1303.**Reinações de Narizinho** – Monteiro Lobato
1304.**O Saci** – Monteiro Lobato
1305.**Memórias da Emília** – Monteiro Lobato
1306.**O Picapau Amarelo** – Monteiro Lobato
1307.**A reforma da Natureza** – Monteiro Lobato
1308.**Fábulas *seguido de* Histórias diversas** – Monteiro Lobato
1309.**Aventuras de Hans Staden** – Monteiro Lobato
1310.**Peter Pan** – Monteiro Lobato
1311.**Dom Quixote das crianças** – Monteiro Lobato
1312.**O Minotauro** – Monteiro Lobato
1313.**Um quarto só seu** – Virginia Woolf
1314.**Sonetos** – Shakespeare
1315(35).**Thoreau** – Marie Berthoumieu e Laura El Makki
1316.**Teoria da arte** – Cynthia Freeland
1317.**A arte da prudência** – Baltasar Gracián
1318.**O louco *seguido de* Areia e espuma** – Khalil Gibran
1319.**O profeta *seguido de* O jardim do profeta** – Khalil Gibran
1320.**Jesus, o Filho do Homem** – Khalil Gibran
1321.**A luta** – Norman Mailer
1322.**Sobre o sofrimento do mundo e outros ensaios** – Schopenhauer
1323.**Epidemiologia** – Rodolfo Sacacci
1324.**Japão moderno** – Christopher Goto-Jones
1325.**A arte da meditação** – Matthieu Ricard
1326.**O adversário secreto** – Agatha Christie
1327.**Pollyanna** – Eleanor H. Porter
1328.**Espelhos** – Eduardo Galeano
1329.**A Vênus das peles** – Sacher-Masoch
1330.**O 18 de brumário de Luís Bonaparte** – Karl Marx
1331.**Um jogo para os vivos** – Patricia Highsmith
1332.**A tristeza pode esperar** – J.J. Camargo
1333.**Vinte poemas de amor e uma canção desesperada** – Pablo Neruda
1334.**Judaísmo** – Norman Solomon
1335.**Esquizofrenia** – Christopher Frith & Eve Johnstone
1336.**Seis personagens em busca de um autor** – Luigi Pirandello
1337.**A Fazenda dos Animais** – George Orwell
1338.**1984** – George Orwell
1339.**Ubu Rei** – Alfred Jarry
1340.**Sobre bêbados e bebidas** – Bukowski
1341.**Tempestade para os vivos e para os mortos** – Bukowski
1342.**Complicado** – Natsume Ono
1343.**Sobre o livre-arbítrio** – Schopenhauer
1344.**Uma breve história da literatura** – John Sutherland
1345.**Você fica tão sozinho às vezes que até faz sentido** – Bukowski
1346.**Um apartamento em Paris** – Guillaume Musso
1347.**Receitas fáceis e saborosas** – José Antonio Pinheiro Machado
1348.**Por que engordamos** – Gary Taubes
1349.**A fabulosa história do hospital** – Jean-Noël Fabiani
1350.**Voo noturno *seguido de* Terra dos homens** – Antoine de Saint-Exupéry
1351.**Doutor Sax** – Jack Kerouac
1352.**O livro do Tao e da virtude** – Lao-Tsé
1353.**Pista negra** – Antonio Manzini
1354.**A chave de vidro** – Dashiell Hammett
1355.**Martin Eden** – Jack London
1356.**Já te disse adeus, e agora, como te esqueço?** – Walter Riso
1357.**A viagem do descobrimento** – Eduardo Bueno
1358.**Náufragos, traficantes e degredados** – Eduardo Bueno
1359.**Retrato do Brasil** – Paulo Prado
1360.**Maravilhosamente imperfeito, escandalosamente feliz** – Walter Riso
1361.**É...** – Millôr Fernandes
1362.**Duas tábuas e uma paixão** – Millôr Fernandes
1363.**Selma e Sinatra** – Martha Medeiros
1364.**Tudo que eu queria te dizer** – Martha Medeiros
1365.**Várias histórias** – Machado de Assis

IMPRESSÃO:

PALLOTTI
GRÁFICA

Santa Maria - RS | Fone: (55) 3220.4500
www.graficapallotti.com.br